AF137898

L'AUTRE MOI
CET INCONNU

L'AUTRE MOI

CET INCONNU

Jean ETIENNE

Roman

Édition : BoD – Books on Demand, info@bod.fr
Impression : BoD – Books on Demand, In de Tarpen 42,
Norderstedt (Allemagne)
Impression à la demande
ISBN : 978-2-3224-7110-2
Dépôt légal : Janvier 2023

© 2023, Jean-Louis Étienne

Le code de la propriété intellectuelle n'autorisant aux termes des paragraphes 2 et 3 de l'article L.122-5, d'une part, que les copies ou reproductions strictement réservées à l'usage privé du copiste et non destinées à une utilisation collective et, d'autre part, sous réserve du nom de l'auteur et de la source, que les analyses et les courtes citations justifiées par le caractère critique, polémique, pédagogique, scientifique ou d'information, toute représentation ou reproduction intégrale ou partielle, faite sans le consentement de l'auteur ou de ses ayants droit ou ayants cause, est illicite (article L.122-4). Cette représentation ou reproduction, par quelque procédé que ce soit, constituerait donc une contrefaçon sanctionnée par les articles L.335-2 et suivants du Code de la propriété intellectuelle.

LEO

J'ai réussi ! J'y suis, ça y est ! Mon rêve depuis tant d'année. Et, comme le demande la fiche métier, j'ai été méticuleux et méthodique en plus du travail d'acquisition de connaissances que cela m'a demandé. Cela n'a pas été facile de l'être, surtout de le rester, la durée est une ennemie. J'ai quelquefois tendance à me disperser, à être un peu dilettante. Mais là, encore plus que pour les examens précédents, il m'a fallu une énorme concentration. Ma vie, ou plutôt ce que je voulais en faire, était en jeu. Je sentais, presque une voix me le disait, que c'était ce que je devais faire absolument sous peine de châtiment. Il fallait que je sois en accord avec mes vœux les plus chers.

Et je ne peux remercier que moi dans cette réussite. Malgré tout il est possible que mon entourage familial immédiat ait une petite responsabilité. Mais elle est bien maigre cette famille. Je n'ai que ma mère, ou pour être exact, plus que ma mère. Faut-il un père pour faire un enfant ? Il peut certainement le concevoir, l'imaginer, en vouloir même. Ma mère n'a jamais été loquace sur le sujet de ce père absent, sur les justifications de cette absence justement.

Plus que ma mère. Elle est une rescapée, une victime rescapée d'un terrible accident domestique dans lequel toute sa famille fut décimée, sauf une sœur qui n'eut plus jamais figure humaine et qui mit fin à ses jours pour cette raison certainement. Accident causé par une fuite de gaz, on suppose. Une étincelle intempestive mais là au bon moment provoqua l'embrasement puis l'explosion de la poche de gaz accumulée dans la pièce. Une déflagration énorme qui brisa nombre de vitres du quartier. Mais surtout souffla la vie de ses parents et de sa sœur. Ce soir de drame elle n'était pas à la maison, prise par d'autres activités. Du moins c'est ce que j'en ai déduit. Elle n'a jamais été très expansive sur ce sujet-là non plus. De même pour mes grand parents, je savais que ces personnes pouvaient exister, mes camarades de classes parlaient des leurs. Les miens n'ont jamais été évoqués qu'en rapport avec leur insignifiante existence. Donc, comme famille je n'ai plus personne. Je ne la connais que par cette histoire. C'est peut-être ce besoin de savoir, ce besoin d'explications qui m'a poussé inconsciemment à me diriger dans cette voie professionnelle, la recherche de la vérité.

Trop, je l'attendais trop ce papier, cette convocation qui m'invite à suivre une formation de « technicien en investigation scientifique ». R.I.S. Me voilà, j'arrive ! J'ai toujours rêvé ma vie dans ce feuilleton. Il n'y a dans cette série que des super héros, des justiciers qui lutte contre le crime. Ça y est, je suis dans le scénario.

Extérieur jour, une villa cossue.

La voiture de service, gyrophare étincelant, s'arrête devant le planton. La sirène a cessé son son stressant. L'OPJ Martine descend, elle claque la portière l'air bougon. Elle salue d'un geste vague les gardiens de la paix qui gèrent la petite foule des curieux. Elle entre dans la maison qu'elle semble reconnaître. Un dernier homme en uniforme a l'air de l'attendre, il la salue.

« Au commissariat on a reçu un appel anonyme, parce que la personne n'a pas dit qui elle était. Elle nous demandait de venir ici au plus vite, puis on a entendu un coup de feu et ça a raccroché. (En plan de coupe on voit une femme de dos qui téléphone.)

– Vous êtes bien sûr d'avoir entendu une déflagration, demanda-t-elle avec sa voie des îles ?

– Oui, oui, mais après on vous a appelé de suite ! Et on a touché à rien à cause de la scientifique. Vous voulez qu'on les appelle ?

– Parce que vous ne l'avez pas encore fait, dit-elle avec un air rageur. Je vais faire les premières constatations, ajouta-t-elle plus calme.

Elle jette un œil perçant autour de la pièce. Elle scrute. Aucun détail ne doit échapper à sa sagacité. Avant qu'elle n'ait pu s'approcher davantage de la scène, le policier qui s'est fait enguirlander lui tend un téléphone.

« Sagnac ! Mon ami ! Comment vas-tu ? Dis-donc, tu vas avoir du boulot au cas où tu t'ennuierais... Oh ! Ça va, je rigole. Ramène-toi avec ton équipe et ton équipement, tu en auras besoin. Ramène aussi le petit nouveau, le jeunot, il est tout mignon celui-là... Ouais... Ouais, non, arrête, t'es con ! Bon, bouge, on t'attends. »

Intérieur jour, dans le bureau des analyses.

Au milieu des microscopes, des appareils bizarres, des éprouvettes, des tubes en verre et autres instruments de laboratoire, Sagnac, les mains posées sur une paillasse, l''air grave, appelle ceux qui devront l'accompagner sur ce nouveau terrain d'enquête : « Éloïse, Julie, Léo, on a du boulot. L'OPJ Martine vient de nous appeler, il y a eu du grabuge dans une propriété. On a besoin de nous, prenez le matos, et fissa, faut pas traîner, en cette saison les mouches viennent vite. »

<u>Extérieur jour, villa cossue.</u>

On arrive sur place. Dans le fourgon j'aide Éloïse à se déshabiller pour qu'elle enfile sa combinaison anti-microbes. Je suis derrière elle, je la bloque contre moi en lui tenant les hanches pour qu'elle mette facilement ses brodequins stériles. Elle est prête à rejoindre la maison. Julie a attendu pour se préparer, elle me veut, elle veut que je l'aide. Je ne peux pas lui refuser cette faveur surtout quand elle est demandée avec un si beau sourire, et si engageant. Elle me remercie en m'embrassant. Chacun ayant les habits adéquats, nous nous rendons sur la scène du crime.

<u>Intérieur jour, dans la villa.</u>

Nous entrons dans la pièce. L'OPJ Martine et Sagnac, le chef, se tiennent dans l'embrasure de la porte. Ils dirigent les opérations en nous donnant des ordres et en prenant des photos. Les petites fioles, les cotons tige, les sachets et les boites se chargent d'indices qui seront étudiés au labo.

J'aurais aimé que Martine ait eu besoin d'une blouse et que je l'aide à l'enfiler, me dis-je en la regardant entre deux prélèvements. Elle a vue mon regard, elle me le rend. Nous avons fini. Avec Martine nous convenons de nous revoir rapidement pour approfondir le sujet. L'enquête commence, le corps peut être enlevé. Sagnac a appelé le docteur légiste Alexandra. Elle arrive avec deux brancardiers. Elle veut voir le corps mais elle n'a pas la tenue appropriée. Elle me regarde avec insistance. Je la trouve belle, elle aussi. Elle me demande de l'aider à mettre ses habits de protection. Nous allons tous les deux dans une pièce à côté. Elle ne me quitte pas des yeux. Un cadavre l'attend mais elle prend son temps pour se dévêtir. Je l'aide en la prenant par derrière. Ses hanches sont moins fines mais toutes aussi agréables. Elles me fait autant envie que les autres actrices malgré son âge.

Mes scénarios sont souvent les mêmes : un cadavre, les personnages qui apparaissent les uns après les autres, les habillages et déshabillages, le travail d'enquête, les fausses pistes, les rebondissements. Par là je comble un vide existentiel. Peu ou pas de rencontres, un célibat forcé involontaire. Je ne connais que le sexe imaginé dans mes scènes. L'école des techniciens de la police scientifique me permettra peut-être de rompre ce schéma. Je le rêve ou je l'espère ? J'aimerai justement que ce rêve se transforme en espoir pour se changer enfin en réalité.

J'arrête pour un temps mes élucubrations. Je me secoue, je reprends mes esprits et le fil du réel. Je suis parti dans mon délire scénaristique sans m'en rendre vraiment compte, à mon corps ou plutôt mon cerveau défendant. Car j'ai encore dans une main l'enveloppe qui contenait les papiers que je tiens dans l'autre que je ne risque pas de lâcher tant leur importance est grande, énorme : la convocation pour intégrer l'École Nationale de Police, section Police Scientifique. J'en suis d'autant plus fier que je sais qu'il y a une concurrence très féroce pour ce concours et que beaucoup de ceux qui s'y présentent ont un diplôme largement supérieur à celui requis, mais pas forcément ma détermination. Ma fierté est là, je n'ai que le minimum nécessaire, un BEP métiers de la biologie.

Je vais retrouver là-bas mon Éloïse, ma Julie, ma Katia, sûrement mon Malik. J'y retrouverai aussi mes formateurs préférés : le chef Sagnac, l'OPJ Martine, le docteur Alexandra. Je sais que nous allons vivre des aventures merveilleuses et pleines de rebondissements, mieux qu'à la télé, en vrai désormais.

Je suis sur que ces huit semaines à l'école vont se passer comme je l'attends, même si je n'y ai pas trouvé mes complices télévisuels. Pas même leur clone ce qui est un peu normal malgré tout. Pour les cours nous avions à faire à des professeurs tous aussi intéressants les uns que les autres, un vrai régal. En revanche, il y avait une intervenante, qui était sortie de cette école quelques années auparavant, qui m'a fait, dès sa présentation, une mauvaise impression. Elle était là pour nous expliquer le travail de terrain comme elle le faisait dans son service, ce qui en soit est une très bonne idée de la part des directeurs. Mais son attitude envers les autres et envers moi en particulier à certains moments était autant déplacée que désagréable. Et il allait falloir la supporter deux heures par jour trois jours d'affilés.

Elle appliquait, mais le faisait-elle volontairement, une technique très utilisée par les soi-disant humoristes amateurs de stand-up, qui consiste à prendre dans l'assistance une ou plusieurs têtes de turc pour valoriser et illustrer ses propos ou pour faire état de son autorité. Elle était comme au spectacle, essayant, grâce à ses cobayes, d'avoir l'attention et l'assentiment de l'assistance. Il ne fallait pas que l'un de nous ait l'esprit un peu dissipé, le regard vague ou ailleurs, sinon nous nous faisions vertement remettre en place. Et cela c'était le premier jour. Le soir, après les cours, nous étions quelques-uns à discuter de cette journée, ce que nous en avions retenue et comment nous l'avions vécue. Nos propos convergeaient tous vers une personne en particulier. Nous convinrent que de drôle l'intervenante était passée par lourdingue pour finir injuste. Nous n'étions que des élèves, nous n'avons pas osé en référer à nos supérieurs. Nous avons été d'accord d'attendre et de voir.

La deuxième séance, le deuxième jour, était organisée en travaux de groupes. Elle passait de table en table pour vérifier l'avancement des travaux ainsi que leurs qualités. Elle distribuait presque des bons points. Et des mauvais points pour un groupe qu'elle prit en grippe. Groupe qui était constitué de personnes n'ayant pas eu avoir à faire avec elle la veille. Le ton avec lui était sévère voire cassant. Pourtant nous avons pu vérifier que le travail qu'il fournissait était conforme à celui qui était attendu. Le groupe ne compris pas pourquoi elle agissait aussi injustement avec eux. Cela les troubla profondément. Personne n'était là pour subir ce genre de traitement surtout de la part d'une collègue. La promotion qui semblait unie connaissait de ce fait quelques tensions, un certain ressentiment apparaissait. Certains expliquaient qu'elle agissait ainsi pour tester notre capacité à résister à la pression. Je n'en croyais pas un mot. Pour moi elle était quasiment malade, bipolaire même car à la fin du cour elle redevenait une personne presque charmante et presque agréable. Les griefs étaient oubliés et elle s'adressait à chacun comme si rien ne s'était passé. Elle avait deux rôles biens distincts, l'un n'interférait pas sur l'autre. Elle ne semblait même pas se rendre compte de ses manières d'agir quand elle avait la casquette de formatrice.

Le troisième jour, lors d'une simulation de prélèvement d'échantillons, elle s'en pris à un autre groupe dont je faisais partie. Mes collègues voyaient bien que j'avais du mal à supporter ses remarques, ses moqueries, ses railleries. Ils voyaient aussi que j'étais prêt à exploser. Ils eurent la présence d'esprit de me calmer en me faisant comprendre que tout serait bientôt fini, qu'il fallait prendre patience. Ils avaient raison, il fallait la finir. Ils avaient aussi bien que moi cerné le personnage, mais leur réaction était la bonne : ne pas bouger et laisser passer l'orage. Je les ai trouvé très forts mentalement. Je ne sais pas si sans eux j'aurais pu résister à cette folle qui me rappelait un instituteur de triste mémoire. Je les remercierai en d'autres circonstances.

Le quatrième jour, sachant que nous n'aurions plus à la subir, nous étions redevenus serins. Les discussions entre élèves étaient ce qu'elles avaient été avant ses cours. Nous étions tous là dans le brouhaha de la salle de classe attendant notre cour.
Nous eûmes la surprise de voir arriver le directeur de l'école flanqué de ses adjoints et de notre superviseur de la matinée. Toute la classe fit le salut réglementaire à leur entrée dans la salle. Ils ne s'installèrent pas derrière le bureau situé dans un

coin de la pièce, ils restèrent debout face à nous. Après nous avoir rendu notre salut, le directeur nous demanda de nous asseoir. Il mit quelques secondes avant de reprendre la parole, le temps de regarder, de scruter, de lire les visages, de tous les élèves présents. Si mes pensées, comme celles des autres certainement, avaient été audibles, un bruit assourdissant aurait demandé : « mais que se passe-t-il ? Que nous vaut cette solennité ? »

– Tout le monde est confiné dans l'enceinte de l'école, dit le directeur.

Personne n'osa tourner un regard mais on sentit une vibration comme une interrogation. Il reprit :

– Nous avons retrouvé ce matin votre formatrice morte dans son lit, probablement assassinée. Vous comprendrez que toute la promotion est suspecte ou, à minima, fait partie des témoins. Nous attendons une équipe d'enquêteur avec ses techniciens. Comme je disais, vous êtes donc à partir de maintenant confiné dans l'enceinte de l'école, dans leur chambre pour les internes, dans la salle polyvalente pour les autres. Vous avez bien sur l'interdiction de quitter l'établissement jusqu'à votre interrogatoire. Je vous remercie, vous pouvez disposer.

L'incrédulité se lisais sur tous les visages. Même s'il y avait du ressentiment envers cette personne, elle n'avait été qu'une épine dans notre formation, elle ne méritait pas de mourir. Toutefois, cela avait un certain avantage, nous avons pu vivre notre première enquête mais nous en étions les sujets. Tout le monde eut à cœur que les inspecteurs clôturent vite cette enquête pour que le meurtrier soit arrêté le plus vite possible. Je trouvais cela tellement extraordinaire que le soir même, quand nous pûmes rejoindre nos logements, j'appelais ma mère pour lui raconter cette histoire. Elle en fut profondément bouleversée, curieusement plus que moi qui avait vécu la chose en direct.

Nous apprîmes par la suite qu'il y avait très peu d'indices et que le coupable ne serait pas découvert de sitôt au grand désarroi de tout le groupe. En marge de cette histoire, je sympathisais avec le commissaire Varlet. En discutant avec lui, j'appris qu'il avait fait une demande de mutation dans une ville où son épouse venait d'obtenir un emploi. Je fis en sorte d'être nommé dans cette zone de travail qui, le hasard faisant bien les choses, se trouvait être ma ville de naissance. J'allais pouvoir de nouveau habiter chez moi, chez maman.

Notre formation dû quand même se terminer.

L'ambiance n'y était plus. Chacun avait tendance à regarder l'autre avec une certaine suspicion dans le regard ou dans l'esprit. Car aucun résultat ne vint clore cette sordide affaire. Alors que nous faisions nos vœux d'affectation, l'enquête continuait. En connaîtrions-nous un jour le coupable ?

2

Je sais surtout que j'ai bien occulté nombres de faits, de gestes, de paroles qui faisaient mon quotidien, ma vie, mon existence et qui ont probablement axé cette vie, cette existence. Ne suis-je que la résultante de cette histoire ? Ce serait donc elle qui guiderait mes choix actuels ? Quelle est ma part de décision là-dedans ? Dois-je me scinder en deux, trois ou quatre afin de connaître les parties qui me composent et qui me tiraillent. Suis-je un ou plusieurs dans ce même corps ?

Quelquefois des bribes remontent. Telles les briques d'un mur qui sépareraient les réalités. Mais j'attends d'en avoir assez pour les assembler, pour construire. Ou plutôt comme les pièces d'un mécanisme que j'emboîte, que je place. Je ne les reconnais pas toutes, alors je tâtonne vers la solution. J'entre les informations. Tout va se mettre en place et bouger pour produire l'effet final, celui qui va s'inscrire dans mon cerveau, dans mon inconscient, la chose que je ne comprends pas sur le moment. Celle qui m'interrogera des années plus tard, celle qui m'interroge aujourd'hui.

« Mon chéri, lève-toi, il est l'heure d'aller à l'école ».

Avant qu'elle n'ouvre la porte, je n'étais déjà plus dans le sommeil. J'avais entendu quelques bruits. Le réveil de ma mère ? Les voisins sans doute. Mes yeux avaient aussi perçu que nous n'étions plus dans les lumières de la nuit. La veilleuse dans la prise de courant devenait inutile, elle ne remplissait plus son office. Le matin pointait identique aux autres matins. Mon esprit se dés-embrumait, lentement.

Curieusement ma table de nuit, de récupération, n'était pas assortie à la literie. De fait elle dépassait largement le haut du matelas. La tête du lit était adossée au mur où se trouvait la porte et, quand on ouvrait matinalement celle-ci, la lumière du couloir était coupée par la hauteur du chevet, projetant son ombre sur mon oreiller qui annonçait le plein jour et qui me permettait d'échapper pour quelques secondes encore à sa violence, jusqu'à l'ouverture des volets.

Pour ce faire, elle s'était réveillée et levée peu de temps avant de traverser ma chambre. Elle ne portait généralement que sa nuisette. Elle avait bien une veste d'intérieur, une sorte de peignoir léger et court mais elle ne le mettait qu'après être sortie de ma chambre. Ma tête dans l'ombre, mes yeux s'éveillaient à la nouvelle clarté. En entrant elle n'allumait aucune lampe. Mais quand elle ouvrait les fenêtres puis poussait les volets, le contre jour faisait disparaître la nuisette pour laisser apparaître son corps en transparence. J'avais eu la douceur de sa voix, j'avais maintenant la douceur de sa silhouette puis la tendresse de son baiser. Tous les sens du bonheur.

Les jours de classe, les matins étaient très ritualisés. Après le bien être du lever, venait celui, libérateur, de la vidange urinaire aux toilettes. Maman m'avait bien appris à lever et baisser l'abattant une fois mon affaire finie bien qu'elle préférait que ces petits besoins, ici, à la maison, soient exécutés assis, comme une fille. Elle passait derrière moi pour vérifier la propreté de l'endroit.

Après un mini lavage symbolique des mains, je me dirigeais vers la cuisine où je prenais dans un placard un bol et dans un tiroir une petite cuillère pour les poser sur la table à ma place. Maman sortait la bouteille de lait du frigo, elles y étaient toutes rangées, j'aimais boire le lait froid, puis tendait la main vers les céréales qui étaient rangées à une hauteur que je ne pouvaient pas atteindre. En même temps qu'elle m'amenait le nécessaire pour manger, elle lançait la préparation de son café. Il suffisait que je remplisse mon bol des deux ingrédients pour que la machine à expresso ait fait son œuvre. Sa tasse à la main, elle venait la poser sur la table en s'asseyant devant moi.

J'avais la bouche pleine, le craquement bruyant des céréales emplissait mes oreilles et me coupait par intermittence du monde extérieur. Mais cela ne présentait pas de problème car la première question était invariablement la même : « tu as bien dormi mon chéri ? » demandait-elle de sa douce voix. Invariablement ma réponse était la même : « oui maman, très bien ». Et par le fait, à cette époque, effectivement, je n'avais pas de problème de sommeil.

« Tu comprends que je m'inquiète pour toi, tu es mon fils et je t'aime...

- Je t'aime aussi, maman. Disais-je en lui coupant presque la parole.

- Tu es gentil. Je suis sûre que tu es le garçon rêvé pour plein de maman si elle te connaissait. Mais tu es à moi.

- Je sais maman. On pourra acheter les autres céréales que j'ai vu à la publicité à la télé ? Elles ont l'air super bonnes, c'est une copine de l'école qui me l'a dit.

- On verra et puis c'est quoi ces choses de demander un truc sur les conseils d'une copine ? Tu n'as pas confiance en moi pour te nourrir ? Celles-ci sont parfaites pour toi ! Fini ton bol !

La douceur matinale quelquefois tournait, migrait vers un peu de rugosité. Un peu penaud et interrogatif intérieurement, je finissais de manger et de boire les restes au fond. En passant par la cuisine, silencieux, j'en profitais pour déposer mon bol et ma cuillère dans l'évier. Puis j'allais monopoliser la salle de bains pour mes ablutions qui étaient réduites à un gant de toilette humide et savonneux que je passais sur mon visage et sous les aisselles, la douche ayant été prise la veille au soir. Je n'oubliais pas le brossage des dents. Il ne fallait pas perdre de temps, maman étant la suivante et la seule d'ailleurs à occuper ce lieu après moi.

« Tu as encore pris mon savon à l'eau de rose ? Tu sais, ton institutrice se moque bien de ton odeur. Et tes petites camarades encore plus. Je préférerai que tu me réserves cette attention... » Oui, peut-être. A partir de là je n'entendais plus rien, j'avais rejoint ma chambre. Mais drôle de reproche quand même, il n'y avait toujours qu'un savon de disponible au lavabo. Pendant qu'elle finissait de se préparer dans la salle de bain, je finissais disposer mes affaires pour la journée.

Je consultais mon emploi du temps pour n'avoir rien d'inutilement lourd dans mon cartable. Mes devoirs avaient été faits au moins la veille, je n'avais pas d'inquiétude pour ça.

Toutefois je veillais et vérifiais que tout le nécessaire soit là pour le départ. Puis je me dirigeais vers l'armoire et le placard afin d'y choisir les quelques habits qui auraient l'heur de plaire à maman, puisque c'était elle qui les achetait. Je faisais me disait-on « petit-garçon-à-la-mode ». Enfin prêt. J'attendais que maman le soit aussi ce qui ne tardait pas. Elle n'avait pas besoin de produits, de miroir ou d'armoire magique pour être belle. Son attention ne se portait pas que sur elle mais sur moi aussi.

« C'est quoi cette tenue ? Il y a photo de classe aujourd'hui ? Tu t'es habillé comme ça pour qui ? On dirait que tu t'habilles pour me quitter, pour ne pas revenir... Un silence. Elle se rend compte de l'énormité de ses paroles. Ho ! Mon chéri ! Je suis désolée de dire ça. Mais c'est parce que je t'aime et que j'ai tellement peur de te perdre. Tu comprends, c'est pour cela que je tiens à t'amener à l'école le matin, que je ne veux pas te confier à une autre personne, c'est pour rester avec toi. A pieds c'est trop dangereux.

–   Mais, maman, si je me fais beau c'est pour que tu sois fière de moi.

–   Mon chéri, tu es un garçon merveilleux.

La voiture démarre. Le trajet n'est pas long jusqu'à l'école. Il y a toujours un peu de circulation causée par d'autres parents qui conduisent d'autres enfants. Il y a aussi comme des trains de poussettes derrière lesquelles des mamans habillées rapidement marchent d'un pas rapide en traînant quelquefois un ou deux enfants qui s'agrippent à leurs vêtements se dirigeant vers le groupe scolaire. Disent-elles la même chose à leur progéniture ? Certainement, à quelques détails près. On pouvait voir quelques mamans déjà fatiguées, certaines énervées tirant un enfant sanglotant.

« J'espère que tu vas passer une bonne journée à l'école. Tu me la raconteras ? Comme ça, même si nous ne sommes pas ensemble, j'aurais l'impression d'avoir été avec toi. Je vais être très malheureuse de savoir que tu t'amuses sans moi. Tu me fais une bise ? Merci mon chéri. Je t'aime. A ce soir. »

N'importe quelle violence était d'une douceur inouï comparée à ce que j'entendais sortir de sa bouche. J'étais tiraillé entre mes envies d'enfant et les besoins de ma mère. Je ne comprenais pas ce que je devais faire.

3

Elle a recommencé. Elle est plus insistante à chaque fois. Je l'écoute bien sagement. Elle ne parle qu'à moi, elle me l'a dit et certifié. Maintenant je comprends bien ses paroles.

La toute première fois j'étais à peine en âge de me rendre compte de ce qui m'arrivait. Un son me réveillait puis je me rendormais. Entre chaque manifestation j'avais des périodes de sommeil très longues. Le réveil aurait pu se faire n'importe où, à n'importe quelle heure de la journée, mais non. Je ne quittais ce sommeil que dans ma chambre, la nuit, dans son silence. Je compris qu'il se passait un temps certain car j'avais remarqué que l'endroit n'était pas tel que je l'avais laissé, des objets étaient parfois différents, mes vêtements avaient changé de place. Tout comme moi, à chaque réveil j'étais différents, je grandissais. Mes besoins, mes envies, mes questions aussi.

Les sons se transformèrent en mots. Le premier fut un « bonjour » je crois. Puis ils ont formé des paroles et des phrases intelligibles. Plus tard j'ai commencé à répondre pour discuter. Je n'avais pas peur mais j'ai mis un moment avant de rentrer dans la discussion. Tout était rassurant dans cette voix et dans ces conversations. Un jour elle me posât des questions sur ma vie. Je n'ai pas pu répondre. Je ne savais pas ce qu'était « la vie ».

Elle m'a fait comprendre que je « vivais » dans mon sommeil. Nous avons décidé que nous appellerions cela des rêves. La voix me demandait de lui en raconter certains. Les premières fois c'était loin d'être une chose aisée. Il me fallait torturer le tréfonds de mon cerveau pour accéder à ces souvenirs. Je m'aperçus qu'il y avait souvent les mêmes personnes autour de moi et que la voix avait l'air de les connaître, mais surtout que celles-ci ne me voulaient pas toujours du bien. Et que, si ce n'était pas mon corps, mon esprit, lui, en souffrait car il trouvait immanquablement cela injuste. Quand avec elle on se remémorait ce genre de faits, j'avais mal dans mon cœur, j'étais mal, un mal-être que je ne savais pas comment le faire disparaître.

Une fois elle interrompit la discussion. Elle me donna l'ordre de faire le tour du lieu (je sais maintenant que c'est ma chambre). Pour une raison que j'ignore je devais en connaître chaque coin, chaque objet. Tout me semblait familier, l'impression bizarre de ne rien découvrir finalement. Tout avait l'air en rapport avec mes rêves. Me voyant un peu contrarié, elle se fit rassurante. Je devais considérer cela comme normal vu que tous mes précédents réveils, si courts soient-ils, avaient eu lieu ici. Il n'y avait donc rien d'étrange selon elle. Elle avait raison, elle avait toujours raison, j'aimais ça.

En faisant le tour, je pris un objet avec lequel je m'étais blessé lors d'un rêve. Elle me demanda pourquoi j'avais pris cet objet précisément. Après lui avoir raconté les circonstances de l'incident, elle m'ordonna de briser cette chose qui n'avait pas été gentille avec moi, comme si cette chose avait une âme. Je m'exécutais avec un grand plaisir et une certaine délectation. Voyant l'objet cassé au sol, le plaisir se changea en satisfaction puis je ressentis un grand soulagement d'avoir réparé le tort physique causé par cet objet. Justice était faite. Je venais de comprendre comment soigner ce mal-être, en brisant l'objet de l'injustice.

Dura lex, sed lex, cette forme de condamnation pouvait donc me guérir. Il me fallait en avoir la certitude. La voix m'y aiderait sûrement.

4

J'aime quand tu me réveilles. Je sais que nous allons avoir une mission et cela me plaît. J'aime les accomplir parce que, grâce à elle, je peux me rendormir heureux du devoir fait, et que ma vie en rêve ne sera que meilleure. Tu sais ce qu'on doit faire. Ordonne et je te suivrai.

Je quitte mon pyjama et je m'habille de gris de la tête aux pieds. Une capuche dissimulera mes cheveux. Dans une période de rêve je me suis fabriqué un masque en faisant un moule avec des bandes de plâtres normalement utilisées en médecine pour les membres fracturés. Une fois démoulé et sec je l'ai tapissé de morceaux de papiers imbibés de colle à tapisserie. Je pouvais donc me cacher le visage efficacement avec quelque chose de léger que j'avais peint uniformément en gris. Je dois me fondre dans la nuit, être invisible, ne pas exister.

La voix et moi nous sortons. J'ai besoin d'elle, elle me guide. Il n'y a personne dans les rues, elles ont été abandonnées aux rats, aux nuisibles et aux âmes damnées. Nous passons d'ombre en ombre. Nous longeons un mur qui se transforme en grillage. Plus loin une brèche nous permet de rentrer dans la propriété. Il y a plusieurs bâtiments qui semblent avoir des fonctions différentes. À cette heure-ci, certains sont vides, d'autres occupés. Une clarté jaunâtre colore les ouvertures. La voix ne perd pas de temps, elle me désigne celle qui nous intéresse. Là encore j'essaie d'éviter les lumières des réverbères pour accéder à la porte d'entrée. Il n'y a personne aux alentours, tout est parfaitement silencieux. Mes yeux sont aux aguets, je ne veux pas que nous rations notre cible, la voix en serait trop désolée. Une fois à l'intérieur je repère l'escalier qui mène aux étages. La voix me fait arrêter au deuxième. Après quelques pas dans le couloir, je me tourne face à une porte. Elle me dit que j'ai les clefs dans ma poche droite. Je ne savais pas et je ne sais pas d'où elles viennent. J'obéis et retire effectivement l'objet de ma poche. La voix est miraculeuse, je suis son serviteur. Je manipule avec mille précautions la serrure. Elle ne doit pas faire de bruit quand elle se déclenche. Je baisse la poignée tout aussi délicatement.

Il y a un petit couloir qui dessert d'un côté une petite cuisine, de l'autre une salle d'eau, devant moi la seule pièce de l'appartement. Attention, ne pas émettre le moindre bruit. Je n'entends depuis mon arrivé qu'une respiration entrecoupée d'un léger ronflement, pas de mouvement, de froissement de draps, de couinements nerveux. Une faible lueur me permet de distinguer une tête sur un oreiller. La chevelure m'indique qu'elle est tournée vers moi. C'est mieux, le coup sera plus facile à donner.

Je sors de dessous mes vêtements une demi batte de base-ball. J'y ai ajouté des rubans sur le manche qui facilite sa manipulation et sa la tenue. Elle ne doit pas risquer de me filer des mains. J'arme mon geste, la voix me dit : maintenant ! Je donne donc un grand coup sur le crâne de la personne allongée. On a entendu distinctement quelques os craquer. Mais comme elle était endormie, la violence du coup qui n'était pas fait pour la tuer, ne lui a pas permis de réagir ou de crier de douleur. Je n'ai qu'une petite minute pour garder le silence et entraver ses mouvements. Je retourne son corps, c'est une femme. Elle ne sait pas quoi penser, je le vois dans ses yeux rougis. La voix dirige l'interrogatoire, je transmets donc les questions à la femme qui ne peut que répondre par un signe de tête.

« A-t-elle fait trois jours de formation à l' école de Police ?

– Oui, elle acquiesce par un mouvement de haut en bas.

– Aimez-vous torturer les élèves ?

– Non ! Mouvement de droite à gauche.

– Pourtant vous le faites. Est-ce volontaire ?

– Non. Elle essaie de croiser mon regard, de me fixer.

– Vous reconnaissez que votre attitude est particulièrement injuste ?

– Oui et non. Elle hésite, elle dodeline de la tête mais son visage montre des signes d'incrédulité qui ne me trompent pas.

– On ne pourra donc pas vous sauver, le jugement est irrévocable.

À l'énoncé de cette dernière phrase je vis ses yeux se teinter d'incompréhension. Je pense qu'elle m'a suivi du regard quand je me suis levé de son lit afin d'être dans une position plus adéquate par rapport à l'exécution de la sentence.

« Vous ne serez plus jamais injuste envers aucun élève. » Elle fit non de la tête une fois de plus mais ce n'était pas une question. Comme je brisai autrefois les objets qui me faisaient du mal, je devais la briser, elle n'avait pas été gentille avec moi. Je repris ma petite batte et, sans qu'elle n'eut le temps de réagir, je lui donnais un nouveau coup bien plus fort, beaucoup plus fort, sur la tempe ce qui eut pour effet de lui briser le crâne. Il n'y eu que le bruit de os qui se rompent, elle n'eut pas le loisir d'émettre un cri. Ses yeux écarquillés étaient désormais immobiles dans leur orbite, ils ne pouvaient plus répondre à aucune question. Alea jacta est, tout était accompli.

La mission était pratiquement terminée, il ne me restait plus qu'à rentrer par le même chemin, cacher mes vêtements puis me coucher sagement. Mon devoir était fait la voix me félicitait chaleureusement.

5

Bien sur que je suis là. Je ne peux qu'être présent quand tu m'appelles. De même que tu ne peux pas être là si je n'y suis pas. Nous sommes indissociables, deux mais un, uni. Ou plutôt trois, deux esprits et un corps, un qui dit, qui ordonne. Tu es la voix, elle commande mon cerveau qui demande à mon corps de faire, j'exécute.

Grâce à toi j'ai plusieurs fois fait le tour de ma chambre et des objets qui la peuplent. Certains ont subi notre courroux, ils ont été les sujets d'une punition méritée. Mais ici il fait toujours noir. Je vois pourtant de la lumière derrière les fenêtres. Je vois que des ombres bougent, il y a de la vie. Le monde n'est pas qu'ici dans ce vase clos. Je le sais, je le vois dans mes rêves. Tu sais que je ne ferai rien sans que tu me le dises, tu es ma volonté. Mais j'ai envie de voir où je vis quand je dors, quand je rêve. Si tu veux bien.

Je comprends qu'il y ait des précautions à prendre. Tu m'as expliqué que je risquais de ne plus jamais t'entendre. Ne plus te parler, ne plus écouter tes conseils, ne plus obéir à tes ordres que j'aime tant, cela est impossible. Je ne pense pas que je pourrait me débrouiller seul, ne plus avoir de guide serait insupportable, je plongerais instantanément dans un sommeil éternel.

Pour nos missions, pour explorer le monde, j'apprendrai à être la nuit. Pas même une ombre, un souffle, une impression, un ressenti pour ceux qui pourraient me croiser. Les chiens n'aboierons pas à mon passage, les chats ne fuiront pas, les rats viendront me renifler. On ne se retournera pas en disant : j'ai cru que... on dirait que... tu as senti... Mon apparence sera l'illusion, elle se fondra dans la pénombre. J'apprendrai aussi à me déplacer, furtif et silencieux comme un félin en chasse, les sens avertis et aiguisés, sensibles et prompts à réagir. Mais surtout écouter la voix, elle seule connais les lieux, les endroits, les passages. Sa connaissance précède les sens comme un don de voyance, de précognition. Tout cela pour que nos missions puissent perdurer et se reproduire en fonction des nécessités. L'entraînement commence maintenant.

J'ouvre la porte de la chambre pour la première fois. J'aime l'expression « marcher à pas de velours ». elle est tellement vraie ici. Mes pieds sont chaussés pour ne pas ressentir le froid, pour ne pas glisser ou me blesser. Ils se soulèvent à peine du sol. Ils ne glissent pas, je l'effleure à peine pour les poser quelques décimètres plus avant. J'ai le corps voûté, en tension permanente, les jambes toujours fléchies même à l'arrêt, les bras finissent de maintenir l'équilibre. Je parcours le couloir à plusieurs reprises à des allures différentes, de l'avance imperceptible mais réelle au déplacement rapide. Arrivé au bout je reviens vers ma chambre et referme la porte en silence. Nous ne voulons aucun bruit.

En plusieurs soirées je visite ce qui est l'appartement. Là aussi, comme dans ma chambre, les objets ne sont pas toujours à la même place, c'est un peu magique. Mais le plus intrigant et qu'il y a nombres de choses qui ne me sont pas destinées. Je m'en doutais, mais je ne vis pas seul ici. Le plus flagrant se sont des vêtements, ils seront trop grands ou pas adaptés. J'ai eu la curiosité d'essayer d'enfiler ce qui pouvait ressembler à un slip mais très différent s des miens. Il était fait de tissus transparent par endroit avec des dessins de fleurs trop petit pour cacher mon intimité. J'avais le sexe qui dépassait d'un côté du triangle et mes testicules qui dépassaient de l'autre côté, plus une inconfortable ficelle qui me rentrait dans les fesses. Malgré tout cela, je le trouvais joli. Il avait aussi quelque chose d'attirant que je n'arrivait pas encore à définir. C'était certainement pour cela que ma main l'avait pris dans cette corbeille au milieu de tout le reste, pourtant seul un bout était visible. Il y avait effectivement quelque chose que je ne compris qu'en portant ce vêtement à mon visage : l'odeur. Sans être plaisante elle était merveilleuse, enivrante, elle me procurait des sensations inconnues jusque là. Le slip collé sous mon nez, je pris une grande respiration, je voulais être sur. Automatiquement, instinctivement, ma main libre serra doucement mon sexe en répétant régulièrement la pression au rythme des inspirations successives. Je ne pus que constater le durcissement de celui-ci ainsi que le plaisir que cela me procurait. Je ne sus que plus tard que ce plaisir pouvait être plus intense encore.

La voix lisait mes pensées. Comment diable cela était-il possible ? Par quel miracle mon corps pouvait-il changer ? Donc il y avait dans cet appartement une personne qui portait ce genre de sous-vêtement et qui pouvait lui donner ce genre de pouvoir ?

Pour l'expérience j'ai senti le reste du linge dans le panier, il n'y avait que les slips qui étaient imprégnés de cette faculté. Il me fallait en savoir plus. Un soir, après la visite à la salle de bain, ce qui était devenu une sorte de rituel, la voix me fit pousser une porte que je n'avais jamais ouverte. La pièce était dans la pénombre comme le reste de la maison. Mes yeux étaient habitués. On y distinguait une armoire à deux portes dont une en miroir, une coiffeuse couverte de flacons, pots et tubes divers, devant elle une chaise jonchée de vêtements, des chaussures, une petite table au bord d'un grand lit sur laquelle on trouvait une lampe ainsi qu'un verre d'eau et une boite de médicaments et au milieu de ce lit une forme, humaine. Des cheveux en bataille étalés sur un oreiller qui devait cacher une main parce qu'un bras plié tenait une couette sous le menton. On devinait une jambe tendue dans le prolongement du corps et l'autre en équerre par devant. La respiration est paisible, sereine, elle soulève à peine la couette. Je fais le tour pour voir le visage. J'ai déjà deviné que c'était une fille. Une femme rectifie la voix. Je la regarde attentivement. J'ai de nouveau cette impression de « déjà vu » encore plus forte que les autres fois ou alors je confonds mes rêves avec la réalité.

Je reste là, planté, immobile. Ma tête s'embrouille de questions. Je ne peux quitter mon regard de ce visage. Il m'est trop commun, trop familier. Il est mon reflet au féminin. C'est très dérangeant, improbable. D'un autre côté, la regarder dormir est presque apaisant, j'en arrive à me détendre, à oublier la mission. Des sentiments contradictoires se percutent. Sans savoir ni comprendre pourquoi, je passe très rapidement par des phases de crispations et de relâchement. Mes yeux fixent toujours cette femme. Une sinusoïde d'amour, de rage et de désir me parcourt. La voix a bien compris le risque.

Elle m'ordonne de regagner ma chambre, l'entraînement est fini pour cette fois, il sera repris plus tard. Mais elle ne répond pas à la principale question : qui ? Je me suis endormi presque instantanément, assommé par cette découverte, sans avoir de réponse. Au réveil suivant j'ai immédiatement demandé à la voix ce qu'il en était, je ne risquait pas d'avoir oublié. Elle m'a répondu que c'était cette femme qui m'avait donné la vie, que c'était elle qui nourrissait mes rêves pour que je puisse entendre la voix. Cette réponse n'apaisa que partiellement mon trouble. Je pensais tout devoir à la voix. Voilà que maintenant je devais quelque chose à une personne. Je commençais à accepter un peu mieux la situation. Je lui devais la vie mais je lui devais aussi mon existence. Je lui devais surtout mes rêves qui oscillaient entre bonheur et cauchemars.

Puis j'ai appris comment apaiser les tensions internes qu'elle pouvait provoquer.

La corbeille de linge sale et particulièrement la culotte (la voix m'avait dit que ce n'était pas un slip) était fort utile dans ces cas là. À certaines périodes régulièrement, la culotte avait une odeur identique mais plus prenante, plus évocatrice, son effet était différent, plus fort. Puis, comme attiré par une force invisible, je m'approchais de la chambre avec les mêmes gestes toujours plus précis et silencieux. J'avais aussi remarqué que le verre et la boite sur la table de chevet réduisais mes risques. Sans cela il pouvait lui arriver de bouger et le moindre mouvement me faisait sortir immédiatement de la chambre. Cette fois-ci ils y étaient. Sa position était de nouveau sur le côté, le torse légèrement penché vers le matelas. La couette, mince pour la saison, n'était pas bordée au pieds ou bien avait-elle été tirée, qu'importe, elle était libre de bouger. On voyait sur ses épaules les fines bretelles de son vêtement de nuit. Je me positionnais près du lit pour qu'elle me présente son dos. Tout doucement j'entrepris de soulever la couette, en commençant par les pieds qui furent les premiers visibles. Tout aussi doucement je continuais de soulever afin de découvrir le bas du dos. Ses fesses étaient à peine habillées par ce qui était une nuisette. Le mouvement du drap laissa échapper des effluves tiédies par la chaleur du corps mais surtout me vint aux narines cette odeur indescriptible que j'avais trouvé pour la première fois dans ses culottes. Tout en délicatesse je m'enivrais en penchant mon visage pour humer au plus près ce parfum à la source qui n'était, dans la noirceur de la chambre, qu'un lieu sombre, indistinct mais prometteur. Je m'en repaissais. Je voulais à jamais graver dans ma mémoire cet appel au plaisir.

Je sentais alors que mon sexe n'avait plus assez de place dans mon pantalon. Tout aussi délicatement, je faisais le mouvement inverse, je déposais la couette à sa place initiale tout en profitant de ce dernier vent. Sans bruit je retournais dans ma chambre et je me couchais. Au préalable j'avais pris soin de frotter la culotte sur ma main pour en récupérer les senteurs. Allongé sur mon lit, avant de m'endormir, cette fois je tenais mon sexe non pas sur mon pantalon mais la main dedans, l'autre était posée sur mon visage. Elle s'ajustait parfaitement à mon anatomie. Le mouvement de va et vient qu'elle imprimait à mon sexe ne dura pas très longtemps, jusqu'à cette dernière secousse qui sonnait comme une fin. Je sentis quelque chose de tiède me couler sur les doigts. Cela venait de mon propre corps, cela ne pouvait être sale. Je ne voulais pas m'essuyer n'importe où, je me léchais donc les doigts.

Les autres fois où j'y suis retourné, je pensais arriver à mettre de l'ordre dans la confusion de mes pensées et de mes sentiments. Rien, leur ambivalence n'a jamais été apaisé par aucune visite dans la chambre de ma génitrice. Quand elles étaient possible.

6

Maman m'amenait quasiment toujours à l'école en voiture. À pied le trajet aurait été aussi rapide mais la rue n'est, par définition, pas un lieu clos, elle n'est donc pas favorable à la discussion entre une mère et son enfant.

Dans mon siège fixé sur la banquette arrière elle peut me voir dans le rétroviseur. D'ailleurs je suis sur qu'il ne sert pas à voir les autres véhicules mais qu'il est réglé juste pour qu'elle puisse me regarder sans tourner la tête, en quittant seulement quelques secondes la vision de la route devant. Elle avait acquis cette faculté extraordinaire d'être autant attentive à la route qu'à ma personne. Nous n'avons jamais eu d'accident et personne ne nous klaxonnait non plus. Sans doute, pour elle, cet habitacle présentait moins de danger que le trottoir, la rue, là où, à l'air libre, ses paroles auraient risqué de se perdre.

Peut-être à cause des ses déclarations contradictoires, et certainement à cause de moi, j'ai eu une scolarité assez moyenne pour être vraiment visible, le ventre mou des classes. Je faisais partie de cette majorité d'élèves dont les notes oscillent entre huit et douze. C'est à dire pas suffisamment mauvaise pour qu'on s'occupe particulièrement de nous et pas suffisamment bonne pour être félicité. Et faire, au passage, la fierté des parents comme des enseignants.

Je n'arrivais pas à complètement me concentrer sur les activités proposées. Et malgré tous les efforts des institutrices et instituteurs pour rendre ces activités attractives, je n'avais comme perspective que la douleur que ressentait ma mère à cause de notre séparation quotidienne. Toutefois je n'en voulais pas à l'école de ce fait. Ma réaction était plus sur la conséquence de cette séparation que sur la cause. Du moins de la maternelle en passant par la primaire puis le collège. L'entrée au lycée fut une autre douleur.

La maternelle avait été construite à la hâte en même temps que les barres d'immeubles qui la ceinturaient. Un terrain avait dû être prévu à cet effet mais l'incurie municipale ne permit pas d'avoir un vrai bâtiment en dur avant longtemps mais de magnifiques préfabriqués faisaient office de classes, de réfectoire, de toilettes, de salle d'accueil et de repos. Mes yeux d'enfants ne voyaient pas cela. En revanche mes genoux se souviennent des graviers de la cour. Je ne me rappelais que très sommairement de mes petits et petites camarades ainsi que de mes maîtresses. Comme je n'ai plus idée de ce que j'ai fait dans ces petites classes. Une scolarité identique à tous les enfants à faire de la peinture, des collages, des dessins, à chanter des comptines. J'ai dû commencer à reconnaître les lettres de l'alphabet.

À peine ai-je le souvenir d'une photo de classe que j'ai retrouvé un jour par hasard. J'étais un joli petit garçon avec sa blouse, ses cheveux courts, ainsi que son sourire à fossettes et à petites dents de lait. J'y avais quand même des amis et amies de cour de récréation uniquement. Je les quittais en sortant, je les revoyais le jour de classe suivant en revenant. Entre temps je ne voyais personne. Ma mère ne copinait avec aucune autre mère, elle n'avait pas d'amies de portail. Nous ne voyions donc personne en dehors de l'école.

Je ne sais pas pourquoi il ne me reviens que ces trois souvenirs.

Le premier se passe dans les toilettes. Il y avait des cabinets avec des portes pour les filles ou pour notre grosse commission mais il y avait aussi pour les garçons des pissotières à la vue de tous, sans séparation pour garantir l'intimité des besoins. Elles faisaient comme une grande plaque verticale d'émail blanc sur laquelle coulait en permanence un filet d'eau qui suintait d'un tuyau pour rejoindre une rigole à nos pieds. La pudeur n'était pas de mise et les grands ne se gênaient pas pour embêter les plus petits et les plus petites au passage. C'était donc un lieu où se faisaient quelques bêtises. Ce jour-là personne ne surveillait. Un copain me montre les latrines et me dit que, comme il n'y a pas de lavabo, si on a soif, on peut boire l'eau qui coule des pissotières en collant bien la lèvre contre la faïence pour récupérer le liquide étancheur de soif. Je suis un peu dubitatif mais j'ai confiance et je suis naïf. Je me penche donc pour boire en suivant ses conseils. À peine ai-je touché l'émail que des éclats de rire s'entendent par derrière. Un groupe de grand se moquait de moi qui buvait du pipi. J'avais été le jouet de cet imbécile et j'en ressentais une honte profonde à rougir de pied en cap. Je pense qu'ils l'avaient déjà fait à d'autres car ils n'insistèrent pas, attendant probablement la prochaine victime. Mais on ne me repris plus à croire n'importe quoi. Le deuxième souvenir est très désagréable aussi.

La classe était finie. Nous attendions chacun à notre place que nos parents respectifs viennent nous chercher, ou nous délivrer pour certains. Avais-je oublié dans la ferveur des jeux d'aller aux toilettes à la précédente récréation ? Peut-être, toujours est-il que je fus pris d'une irrépressible envie d'uriner.

Mais les sphincters des enfants ne sont pas encore matures. Je ne puis plus les retenir fermés. Je me soulageais donc dans mon pantalon, mêlant la délivrance à la gêne d'être découvert dans cet état que je ne saurais masquer bien longtemps. Il était trop tard pour que je ne sois pas visible et que les autres se moquent de moi. La maîtresse en voyant ma démarche empâté puis mon auréole eut un léger ton agacé sans toutefois me gronder, disant aussi qu'il était trop tard pour me changer, ma mère venait de passer le portail et traversait la cour. Elles mirent ça sur le compte de ma timidité. Je pense plutôt que je voulais faire plaisir à ma mère en ne ratant pas nos retrouvailles parce que j'aurais été aux toilettes. J'avais préféré prendre un risque. En valait-il la chandelle ?

Troisième souvenir enfin. Nous sommes garçons et filles dans la cour et je suis avec un petit groupe mixte de six élèves. Nous n'avons pas de jeux à notre disposition, ils ont été accaparés par d'autres. Nous faisons fonctionner notre imaginaire. Nous jouons à former des couples pour quand nous serons à la grande école, ou pour faire comme papa-maman. Nous nous inventons des histoires à faire ceci ou cela. L'un de nous décide de qui sera avec qui. Les filles ne choisissent pas. Je me retrouve avec Micheline. On se connaît tous, on se suit classes après classes. On est petit mais on a déjà des affinités, des goûts. On sait déjà qu'on préfère telle personne à telle autre, même si on ne sait pas trop dire pourquoi, étayer ou argumenter. On a déjà des notions de beauté, d'harmonie. On sait que notre mère est celle qu'on préfère, toutes les autres seront un deuxième choix. Mais je n'aurais pas choisi Micheline. Elle avait le même nom qu'un train, qu'elle horreur. Je le savais car dans le salon il y avait des photos de familles dont une de quelqu'un devant ce fameux train. Elle n'était pas de mes amies, je n'avais rien contre elle, elle ne me plaisait pas, c'est tout. Et puis, comment peut-on s'appeler Micheline ? Ses parents ne pensent-ils à rien en l'affublant de ce prénom qui ne lui ressemble pas. Pourquoi pas Horreur ? Elle n'y était pour rien, elle n'avait dans l'histoire aucune responsabilité et je ne lui faisait aucun reproche. La vraie question était : pourquoi lui m'avait attribuer la plus moche ? Un jeu de dupe. Un choix avait était fait à ma place donc je n'avais pas de choix. Sauf celui de subir, de fuir ou de me révolter. Pour moi le jeu s'arrêtait là.

L'entrée à l'école primaire fut assez solennelle et préparée de longue date en considération de son importance. Elle était un premier cap, un palier, un nouveau degré dans mon évolution. Les sociétés tribales ont leurs rites de passages en fonction de l'âge. J'ai vu un jour que chez les Peuls en Afrique, ces rites sont rythmés tous les trois ans en fonction du détachement par rapport à la mère, pour les garçons bien sur, où dans le premier ils sont la *propriété* de la mère et dans le dernier, la *propriété* du père à la sortie de l'adolescence. Nos rites sont différents mais les rythmes scolaires sont un bon remplacement. J'en étais là de mes rites, à part que je n'avais pas de père. Je restais définitivement la *propriété* de ma mère.

Avec elle nous avions parcouru les magasins à la recherche des habits idéals et des équipements ad-hoc que demandait de se procurer une liste éditée par la future école. Ce premier jour j'étais neuf, avec un cartable neuf, plein d'un stock de matériel neuf, dont nombre de stylos, crayons, etc. Nous passâmes une bonne partie de la journée à ranger tout ce fourbi en classe, dans des tiroirs ou autres boites à notre nom. Par quel miracle avais-je déjà mon nom dans cette classe ? Mais si toutes ces activités ainsi que notre première redécouverte des lettres et des leurs combinaisons potentielles m'occupait bien l'esprit, j'avais hâte de savoir si les larmes que causaient notre séparation (un mal nécessaire disait ma mère) avaient séché sur ses joues.

Mais le plus pénible de cette journée restait à venir. Dans une séparation, le plus dur n'est pas la séparation elle-même, car il y a l'attente de se retrouver de nouveau. Non, le plus dur est d'espérer que ce fait ne soit pas définitif, que le rattachement ne soit définitivement plus possible. C'est d'être là à attendre devant le portail de l'école. Le goutte à goutte des retardataires s'est progressivement et rapidement tari. C'est dur d'être confié aux bons soins de la concierge de l'établissement et des femmes de services. Et, malgré leurs paroles réconfortantes, imaginer le pire pour son premier jour de classe, qu'il soit associer au dernier jour qu'on a vécu avec sa mère. Mon angoisse n'en finissait pas de grandir lorsqu'elle arriva en se confondant d'excuses auprès du personnel municipal. J'entendis qu'elle avait prévenu par téléphone, d'où les propos rassurants des employées. J'essuyais une larme naissante juste au bord de mon œil qui vidait un trop plein d'émotion. Je n'eus à subir que quelquefois ce genre d'aventure statique. Mais chaque fois l'école était prévenue pour que je n'angoisse pas.

J'ai passé une scolarité sans encombres particuliers, avec des camarades garçons et filles allant de l'agaçant au sympathique. Mais bien que régulièrement invité, je n'allais jamais à une fête d'anniversaire. Il y avait un veto formel de ma mère que je trouvais en fin de compte un peu dommage.

Je n'ai eu que des enseignantes. Elles faisaient leur boulot avec plus ou moins de bonheur, plus ou moins de conviction et d'allant. Quant à mes qualités purement scolaires, elles n'attiraient guère l'attention sur moi. De plus, ma mère n'assistant à aucune réunion organisées par l'école je passais encore plus inaperçu. On m'oubliait et c'était très bien comme ça, je pouvais laisser libre cour à mon imagination et partir dans mes rêves.

Avec mes camarades, nous savions qu'il y avait un monstre dans l'école. Celui-ci prenait de l'épaisseur et de plus en plus de réalité au fil des années : monsieur Delajoue, le maître du deuxième cm2. On pouvait y échapper en étant affecté dans le premier mais on ne nous laissait pas le choix et les parents ne semblaient pas prêter attention à nos appréhensions, nos élucubrations disaient-ils.

Il faisait peur d'abord par son aspect physique. Il avait les cheveux en batailles plus par négligence que par souci esthétique, sec et terne, gras par endroit. Les peignes n'étaient sûrement pas ses amis ; bicolore, gris-blanc dessous, marron dessus, par quel miracle ? Une tentative de coloration avortée ? Sinon, on ne l'avait jamais vu qu'avec sa blouse bleue, il devait en avoir une collection, toutes identiques. Été comme hiver, il lui suffisait d'enlever ou d'ajouter un accessoire, toujours sous la blouse pour avoir ni chaud ni froid. Peut-être était-elle magique, puisqu'elle le protégeait des intempéries, de la craie et de nous. Un soutien indispensable, une sorte d'armure. Elle aurait pu le faire confondre avec les cantonniers balayant les caniveaux. Il n'avait pas comme eux un balai ou une pelle à la main mais une règle constamment coincée par son bras, sous son aisselle. Il valait mieux qu'elle ne quitte pas cet endroit. Affublé de la sorte, il ressemblait à ces crétins de généraux d'armée dans les bandes dessinées que je lisaient quelquefois. Rigide, impitoyable, sans respect ni pitié pour celui qui ne comprend pas le sacrifice qu'on lui demande. Il n'avait aussi que deux paires de chaussures, une pour la classe et une pour le sport de la classe.

On voyait bien que dans l'équipe des enseignants il y avait des personnes très différentes, disparates sous bien des aspects. De la nouvelle recrue un peu gauche qui essaie de bien faire et de s'intégrer jusqu'à la pré-retraitée qui montre une certaine lassitude face à ce métier exigeant. Mais lui, lui donner un âge, même une large tranche s'avérait une tâche complexe et délicate. Il était a priori bien bâti, quelques rides obligatoires, des cheveux indéfinissables, on l'a vu, des montures de lunettes surannées, mais surtout une moustache de vieux, quoique bien taillée et bien entretenue, qui n'aurait pas fait tâche sur une photo scolaire d'avant guerre.

L'œil au loin, pendant la récréation il scrute, là aussi il est en mission. C'est hors de son champ de vision qu'on s'amuse le plus, il tourne toujours dans le même sens. S'il avait été dans un pré, tel une vache qui à force de marcher toujours aux mêmes endroits forme un sillon où se posent ses pattes, lui aurait laissé au sol un cercle parfait. Il n'a plus besoin de regarder où il met les pieds, il est devenu automatique. Il a le sifflet agile quand il voit quelque chose qui le dérange. Mais il ne se déplace pas, l'avertissement sonore doit être suffisant pour que cesse l'agitation et pour que l'ordre revienne. Deux coups, il s'arrête de tourner, il attend quelques secondes, les yeux rivés sur les fautifs. Gare au troisième, qui le fait se déplacer. Toute la cour a entendu au moins une fois les trois coups fatidiques. Les élèves se figent, regardent vers où se déplace le maître. On n'entend plus que quelques chuchotements. À pas mesurés il arrive vers les deux belligérants qui n'ont manifestement pas entendu les avertissements, sûrement trop absorbés par leur querelle. Voyant le maître, ils stoppent net leur dispute. Ils remettent de l'ordre dans leur tenue, ils regardent le sol. L'un d'eux veut lever la tête pour tenter d'expliquer la situation. C'est un nouveau ou quoi celui-là ? Il ne sait pas ce qu'il risque ? Il n'a pas le temps d'arriver à croiser son regard.

Une main ferme, trop puissante pour un enfant, atteint son crâne, on entend presque comme un coup, il le repousse pour lui faire baisser les yeux, il n'a rien à dire, c'est qui le maître ici ? De sa main droite il agrippe l'oreille gauche du garçon qui se trouve de ce côté, pareil avec celui de gauche, la règle qui logeait sous le bras a vite été glissée dans une poche de la blouse. Dans cette position il ne peuvent partir. En grimaçant ils se posent une main sur la main qui les saisit pour réduire la tension et la douleur. Le convoi se dirige vers le lieu de la punition, suivi par la presque totalité du reste des élèves trop ravis d'avoir une animation dont ils ne sont pas les sujets.

La troupe se dirige vers deux piliers particulier du préau. Ils ont à leur pied un demi cercle tracé au sol. Non parce que le puni ne doit pas sortir du cercle, il doit rester le dos collé au poteau, c'est une ligne pour empêcher les autres de l'approcher. Si par malheur ou bêtise quelqu'un y entrait, celui-ci avait droit à une autre punition. Il faut remarquer qu'il ne faisait pas de distinction entre filles et garçons mais la fréquence masculine en ce lieu de privation de liberté était beaucoup plus importante. Après ce genres d'incidents qui n'arrivaient qu'avec lui, la cour de récréation reprenait sa vie normale. Les punis regrettaient la surveillance de ce maître. Pour eux pas de sursis, la récréation s'arrêtait là. Les maîtresses étaient beaucoup plus bienveillantes mais surtout leurs gestes étaient dépourvus de violence.

Je fus moi-même une victime de ces violences auriculaires. Ce devait être un fétichiste ou bien savait-il que l'on ne se défendrait pas si on nous tirait les oreilles. La moindre réaction de retrait rendait la douleur plus intense encore, il n'avait pas besoin de beaucoup de force pour faire mal.

Je n'arrive toujours pas à comprendre pourquoi il s'en pris à moi, cela reste une énigme. J'étais invisible, je ne faisais pas de bruit, je n'étais jamais puni à la récréation, mes résultats ne méritaient ni éloges ni reproches. Ou était-ce juste de la perversion ? Je ne méritais pas cette attention ni le traitement qui l'accompagnait. Pour faire mon travail en classe, quand nous avions quelque chose à écrire, j'avais l'habitude de me mettre dans une certaine position. J'étais droitier. Le stylo à la main, je montais mon coude vers le coin haut de la table, je positionnais mon cahier en travers et je penchais ma tête et mon buste au-dessus. Cela était ma position confortable pour écrire. Je ne me voyais pas en prendre une autre, elle était mon habitude et mes enseignants précédents n'y avaient eu rien à redire. En se penchant juste un peu il pouvait voir ce que j'écrivais mais il était certainement psycho-rigide pour faire ce simple mouvement. Donc, chaque fois qu'il passait à côté de ma table, il me tirait l'oreille pour me soulever la tête soi-disant pour voir mon cahier et cela plusieurs fois par jour. Une fois j'ai voulu sans rien dire changer de place pour ne plus subir. Je me mis sur un banc à deux places inoccupé. Peine perdue, il me remis sèchement où je me trouvais avant. Avait-il vraiment besoin que je me trouve là, précisément ?

J'avais peur d'en parler à ma mère. J'avais peur de la décevoir, peur qu'elle croit, qu'elle pense que j'étais un élève indiscipliné qui méritait sa punition. Mais aussi peur du maître. Que pouvait-il m'arriver si j'en parlais, comment se vengerait-il d'avoir dénoncé sa torture quotidienne, qui pourrait me défendre ? Je ne pouvais compter sur personne, que sur moi. C'était trop de torture pour un enfant.

Un matin, après une nuit difficile remplie de rêves improbables, je n'avais pas l'état d'esprit des jours ordinaires. J'eus de la peine pour ma mère mais je devais le lui cacher. Elle ne s'aperçut de rien, ses litanies sur le trajet vers l'école étaient semblables aux autres jours. Je savais que quoi qu'il en soit, je ne perdrais pas son amour, ce n'était pas possible, pas pensable.

On se fait la bise devant le portail. Je rentre. Je garde mon sac sur le dos, la sonnerie ne vas pas tarder à retentir. Ça-y-est, on se met en rang. Tous les enseignants sont là, ils se dirigent vers leur classe respective. Nous montons à notre étage. Nous attendons qu'on nous ouvre la porte. Nous rentrons nous asseoir en attendant l'appel. Puis vient la correction des devoirs. Le travail effectif commence par une dictée que nous devions préparer à la maison. Les cahiers spéciaux sont distribués. Je me mets en position. Nous écrivons la date. La dictée commence. Ce faisant il marche entre les rangées de bureau. Arrivé à ma hauteur, il me prend l'oreille comme à son habitude. Je crois bien, je suis sûr même qu'il ne s'attendait pas à me voir me lever en même temps que son geste. En me retournant, je prenais mon élan pour lui asséner un coup de poing de toute mes forces dans son ventre.

La surprise fut totale pour tout le monde quand, le souffle coupé, tout en essayant de se rattraper aux branches, il se retrouva le cul par terre. Il mis un moment avant de se relever et de finir de tousser. Il y avait un silence de mort dans la classe. Je me sentais libéré, vengé. J'espérais ainsi retrouver ma tranquillité. De fait oui, le reste de l'année se passa sans lui.

7

Je suis une survivante involontaire, contre mon gré.

J'aurais du mourir avec mes parents et ma sœur mais mes enfantillages ne l'ont pas permis. Depuis je paie chaque jour ce caprice. Comme nombre d'enfants qui ne savent pas ce que c'est réellement , je voulais faire du théâtre, être actrice. Il y avait dans notre quartier une salle communale qui regroupait les différentes associations culturelles et sportives. Ce soir-là il y avait une séance de découverte du théâtre dans ses variétés classique, contemporain et moderne. Nous avions reçu dans notre boite aux lettres un prospectus qui, pour le malheur de mes parents, m'était arrivé entre les mains. Depuis lors, je n'eus de cesse de vouloir assister à cette présentation. J'insistais tous les jours pour qu'un des parents se libère des taches domestiques afin de m'y accompagner. Tous les motifs, toutes les promesses de sagesses, de résultats scolaire, de vaisselles et autres corvées ménagères étaient bonnes pourvu qu'ils cèdent. Je trépignais, je boudais, je criais, je m'enfermais dans ma chambre en claquant la porte pour chaque refus que j'essuyais. Ma grande sœur en avait assez de mes caprices, disant qu'elle n'avait pas d'activités spéciales en dehors de l'école et que cela lui allait très bien. Mais moi je voulais être actrice et si elle voulait perdre sa vie c'était son problème. Durant cette période de tractations, je n'avais été gentille avec personne.

La lutte ne dura finalement que quelques jours jusqu'à ce qu'ils craquent comme prévu. Au moins la maison retrouva-t-elle un peu de son calme. Maman se résolut à m'accompagner, juste pour voir, me dit-elle. Il est vrai que je leur avais déjà fait des scènes identiques pour des cours de musique et de danse que j'avais abandonnés au bout de quelques semaines. Ils n'avaient donc qu'une confiance réduite en mes capacités à suivre avec assiduité et constance une activité quelconque.

Le soir fatidique, une collation fut vite avalée et je grimpais toute excitée dans la voiture, maman se mit au volant. Nous aurions pu y aller à pied, ce n'était pas très loin, mais maman était fatiguée et le retour de nuit l'inquiétait un peu. Nous nous sommes garées plusieurs pâtés de maison plus loin, sur le parking de la salle polyvalente, à côté d'autres véhicules sûrement là pour la même raison que nous, cela faisait du monde. La porte principale était grande ouverte. On nous accompagna dans une salle transformée pour l'occasion en théâtre, chaises, scène, rideaux, lumières et décors épurés. La petite troupe, deux comédiens et une comédienne, nous ont offert une prestation en guise de présentation. J'étais aux anges, déjà conquise. Puis vint le temps des questions, des explications, des échanges entre les parents et eux.

Les théâtreux ont cela d'extraordinaire, ils n'ont besoin de pas grand chose pour en faire toute une histoire. En effet, pendant la discussion un bruit sourd mais puissant se fit entendre. Ils sont tous trois et de concert parti dans une improvisation délirante sur la fin du monde. Ceux des parents qui ne l'étaient pas furent convaincu qu'ils avaient là de vrais professionnels capable d'intéresser des enfants. Même ma mère avait accroché à leur histoire. Mais la partie n'était pas encore gagnée quant à mon inscription et à ma participation à cet atelier, il fallait aussi l'aval de papa. Ce qui n'était pas l'épreuve la plus difficile.

En sortant pour reprendre la voiture nous avons été surprises par une forte odeur de brûlé. L'éclairage public était par endroit pris dans une fumée qui n'était pas du brouillard. Plus nous avancions vers la maison plus la lueur d'un incendie se faisait visible. Notre angoisse montait crescendo. La conduite de maman était nerveuse, précipitée, elle marmonnait des paroles à peine intelligible. Au dernier tournant vers notre rue, les réverbères étaient inutiles, un feu éclairait les alentours juste masqués par les camions de pompiers qui déversaient leur torrent d'eau sur notre maison. Un dernier coup de frein immobilisa la voiture. Maman sortit en criant, son visage n'était plus qu'une grimace. Les pompiers voulaient l'empêcher d'aller plus loin. J'étais sidérée, incapable de bouger, tétanisée par la peur. Maman se débattit tant qu'elle força le barrage pour se précipiter vers les flammes. Aucun soldat du feu n'entrepris de la suivre, cela était déjà trop dangereux. Elle hurlait en courant, les noms de papa et de ma sœur. Personne ne répondait à ses appels désespérés. Elle enfonça la porte d'entrée, une gerbe de feu s'en échappa. Tout en criant elle pénétra à l'intérieur. Un silence de quelques secondes, les quelques badauds présents ne purent émettre aucun commentaire, ils étaient comme tous dans un état de sidération complète. J'avais le souffle coupé, mes yeux ne pouvaient quitter le spectacle. Mon estomac commençait à se tordre, avec peine je sortis enfin de la voiture. On la vit ressortir en titubant avec un corps d'enfant dans les bras, leurs habits étaient en flamme lorsqu'un mur s'effondra sur elle, stoppant net sa course mais projetant ma sœur hors de l'incendie. Les pompiers se précipitèrent pour sauver celle qui pouvait l'être encore. Pour mes parents c'était fini. Je commençais à ressentir les premières douleurs du drame. On me récupéra à côté de la voiture à genoux, pliée en deux, la tête dans les glaires de mon vomi.

Ma vie avec la responsabilité de ce cauchemar commençait. Parce que, si je n'avais pas été autant capricieuse, et si les événements sont inéluctables comme ils doivent l'être, je les aurais accompagnés dans les flammes et je serais maintenant plus tranquille. Mais je ne peux pas refaire le monde à moi toute seule. L'autre problème était que nos parents étaient enfants uniques et que nos grands parents n'avaient pas la capacité de s'occuper de nous. Enfin de moi, la « rescapée qui n'aurait pas dû. » Ma sœur, si elle avait bien été sauvée du feu, elle n'avait pas échappée à l'enfer de vivre avec un corps traumatisé, déformé au troisième degré par l'incendie. Elle n'avait plus que son cerveau intact et ses yeux. Tout ce qui pouvait lui renvoyer une image d'elle même lui étaient interdits. Aucun miroir, aucun objet chromé qui aurait pu lui montrer ce qu'elle était devenue. Elle ne voyait de son corps que des pansements. Elle n'était plus que le résultat de tentatives désespérées de lui rendre figure humaine au rythme des éprouvantes greffes de peau. Elle n'était plus qu'un pansement. Son lit de sable était désormais son domaine, son calvaire.

Je lui rendis visite une fois avec ma famille d'accueil. Tout le monde m'avait prévenue mais personne ne peux avoir une telle imagination dans l'horreur de la déformation des chairs. La pire des images des films d'horreur. Son visage n'en était plus un. Je n'eus que le temps d'imprimer cette image dans ma mémoire. Je mis immédiatement mes mains sur mes yeux. Je débattis et insista pour partir. Tout était trop douloureux. Je fus certainement son pire miroir.

Elle n'était plus maître de son destin, les médecins et comités médicaux prenaient les décisions à sa place. Jusqu'au jour où, peu de temps après ma visite, elle mit un terme définitif à ses souffrances de « gueules cassées ».

J'ai donc construit ma vie comme ça, dans un purgatoire, entre une famille d'accueil qui faisait son boulot et mes traumatismes infantiles qui, s'ils étaient identifiés, purent être historiés. En effet, si on ne m'apporta pas tous les détails, j'eus le droit de connaître les résultats du rapport d'enquête qui explicitaient les causes du drame. Cela semblait important pour l'équipe qui assurait mon suivi psychologique. Le tout mélangé avec mes souvenirs en faisaient un véritable récit.

Mon père était une sorte de bricoleur autodidacte comme les adorent les enseignes de grandes surfaces spécialisées. Il était capable de comprendre et résoudre nombres de problèmes qui pouvaient apparaître dans un maison au fil du temps sans avoir besoin de faire appel à un professionnel. Il était fréquent que des voisins fassent appel à ses compétences manuelles et techniques ou à ses outils. Il en avait de toutes sortes et pour tous les usages. Certains lui venaient de son père qui était maintenant trop vieux pour s'en servir sans danger. La maison était chauffée par une chaudière à gaz qui fournissait aussi l'eau chaude. L'ensemble se trouvait avec le compteur électrique et l'arrivée d'eau au sous-sol dans une pièce réservée, à côté de l'atelier paternel. Nous étions reliés aux différents réseaux de distribution.

Une fuite de gaz aurait dû être sentie dans la maison mais deux portes bien étanches en ont empêchée la diffusion et donc l'odeur caractéristique. De plus, le système d'aération obligatoire laissait échapper le gaz derrière la maison où nous n'allions pas en cette saison. Il s'est donc accumulé sans que personne ne s'en aperçoive. Surtout, malgré l'importance de la déflagration et la destruction qu'elle engendra, les enquêteurs purent déterminer que la chaudière avait été démontée et mal remontée. Ce qui ne pouvait être que le fait de mon père. Ce fut certainement la veilleuse de la chaudière qui provoqua l'explosion.

L'intérieur de la maison fût littéralement soufflé. Le plancher au-dessus de la chaufferie ne résista pas, c'était la chambre des parents. Mon père est probablement mort sur le coup en regardant la télé dans son lit en nous attendant. Ma sœur se retrouva assommée par des débris de maçonnerie puis engourdie par la fumée dans sa chambre en feu jusqu'à l'intervention maternelle. Ma chambre à côté de celle des parents était aussi détruite.

Là j'ai bien compris que j'aurais dû mourir avec eux. Et j'ai eu du mal à trouver de bonnes raisons de vivre.

8

Malgré tout je pense que je m'en suis sortie d'une manière honorable. Peu des personnes qui gravitaient autour de moi auraient parié une once sur mon cas. Il semblerait que finalement, la conjonction de tous ces éléments ait permis que je sois une sorte de résiliente. J'aurais pu sombrer dans les abîmes de la psychiatrie entre violence et abandon, de médicaments en camisole chimique, de lieu de vie en centre spécialisé. Le travail de tout ce monde ainsi que ma propre personne auront permis que je survive au drame et même que je vive aussi simplement que tout un chacun. Je les remercie tous les jours, grâce à eux j'ai une situation, une maison, des amis et un petit garçon qui est ma lumière quotidienne.

Rien n'a été facile, de gros et grands démons frappaient régulièrement à la porte de mon crâne. Ils sont encore un peu présents, il est impossible de le faire disparaître complètement, de les occulter, mais nous avons réussi à les atténuer pour qu'ils ne soient plus une entrave pour progresser vers la voie de la guérison. Celle-ci est de moins en moins hypothétique même si elle ne sera jamais définitive. Je suis une preuve que la résilience existe. Je peux dire que je les maîtrise enfin ces monstres. Et j'essaie de n'en créer aucun pour mon petit bout de chou. Il aura été une sorte de surprise voulue, une surprise qui est devenue un désir. Ce qui peut paraître contradictoire mais qui est réel.

Ma famille d'accueil habitait à l'orée d'une ville moyenne dans ce qui avait été par le passé la ferme familiale avant qu'elle ne soit vendue. L'habitation, une dépendance ainsi qu'un bout de terrain avaient été gardés. C'était le lieu idéal pour une reconstruction entre le jardin et la basse-cour. Étant constamment occupée, je n'avais guère de temps à consacrer à mes idées noires. Chaque saison avait son travail spécifique, sauf que l'hiver, la terre se repose, mais pas les animaux. Avec les autres enfants de la famille qui étaient sensiblement du même âge que moi, nous ne passions pas beaucoup de temps dans la maison à regarder la télé. Si nous étions à l'intérieur c'était pour lire ou faire des jeux de sociétés. Et quand ils étaient en vacances, j'étais confiée à une autre famille. Je savais bien que m'accueillir était un travail, que cette mère de substitution était payée par les services sociaux. Qu'importe, je trouvais là-bas un équilibre et une affection, à défaut d'amour, qui m'ont été salutaire et qui m'ont redonné goût à la vie.

École, collège, lycée, j'ai suivi une scolarité sans

encombre et sans difficulté. En grandissant j'avais forgé le projet de m'intégrer dans la société, celle-ci avait mis les moyens de me sauver. Le seul souci pour les enfants comme moi qui deviennent grands c'est qu'ils doivent normalement quitter leur famille après leur majorité, juste au moment où tout se joue, le moment le plus compliqué de la vie. J'ai eu la chance de pouvoir rester jusqu'à la fin de mes études, un BTS en économie familiale et sociale. L'autre chance qui me permit de rester c'est que ma famille n'eut pas à payer les frais de scolarité du lycée et l'hébergement à l'internat, l'assurance de la maison ainsi que d'autres avaient bloqué des capitaux, dû aux décès de mes parents, jusqu'à ma majorité. J'ai donc pu en disposer au bon moment pour pouvoir subvenir à mes besoins sans prendre de job étudiant, puis me payer le permis de conduire et une petite voiture. J'ai été sérieuse, je n'ai pas tout claqué en fêtes et en beuveries. Dans la foulée de mon diplôme, j'ai passé et réussi un concours pour la fonction publique territoriale. Je choisis une ville de province qui présentait toutes les commodités de vie. Je ne verrai plus ma famille d'accueil qu'épisodiquement. Ma nouvelle vie, celle d'après, commençait ici et maintenant.

Peu de temps après mon arrivée, je pus acheter un appartement avec une belle terrasse, sur laquelle, avec les connaissances que je m'étais faites dans le cadre de mon travail, nous passions de très bon moment de convivialité. Il arrivait aussi qu'une seule personne profite de cette terrasse, de ma chambre, de mon lit et de mon corps. Pour notre plaisir commun. Mais un beau jour, j'ai eu un retard menstruel. Comme quoi, même en prenant toutes les précautions nécessaires, un petit furtif peu passer à travers les mailles du filet. Le test de grossesse confirma les premières constatations, j'étais bel et bien enceinte. La nouvelle fût une surprise, cela ne me semblait pas possible. À moins qu'un de mes partenaires ait craqué son préservatif et ne crut pas bon de m'en informer. Le mal était fait, il me restait encore un peu de temps pour prendre une décision. Parce que je ne pouvais pas deviner qui était le père. Vu mes connaissances en procréation humaine, je ne voyais que trois possibilités. Mais je n'imaginais aucun d'eux devenir père et je ne le souhaitais pas. Je ne voulais pas imposer quelque chose de non désirée, il n'y avait donc pas à choisir. Je voyais trop de familles déchirées, en guerre avec des enfants au milieu comme pris en otage, qu'il m'était impossible d'envisager que cela puisse m'arriver en formant un couple. Le souvenir de mon propre père, si diffus soit-il, me poussait aussi vers cette option a-paternelle. Après des jours et des nuits de réflexions je pris la décision de garder cet enfant qui, même s'il n'était pas le fruit d'un acte d'amour, mûrirait dans le mien, inconditionnellement. Je sentais inexorablement monter la fibre maternelle dans mes veines. Il devenait un cadeau, un espoir de vie.

J'en informais mes parents putatifs qui, au dernier moment, m'avertirent que leur présence lors de l'accouchement serait impossible, ils étaient déjà engagés avec une fratrie pas facile à gérer qui leur empêchait tout déplacement. Il n'y aura donc personne pour m'accompagner dans ce moment si important pour une femme, le jour où elle devient mère. En réalité, cela me soulageait presque. J'avais une vie sociale mais je voulais que cet enfant soit définitivement et uniquement le mien. Il ne sera pas partagé, avec personne. Je ne m'expliquais pas pourquoi ni comment j'avais acquis cette attitude mais elle me convenait. J'allais vivre pour lui et lui pour moi car c'était un garçon, l'échographie le montrait très clairement, il ne manquait aucun attribut.

Malgré son arrivée, je gardais toujours avec quelques amies de bonnes relations en les recevant à la maison. En revanche il était hors de question que mon petit amour quitte sa chambre pour un lit de camp dans une maison étrangère. J'aimais mon travail, il m'apportait beaucoup de satisfaction, il m'évitait, il m'empêchait de trop penser. Heureusement, car tous les matins c'était une torture de laisser mon amour à la crèche à côté du bureau. Une déchirure qui ne se refermait que le soir. Mais je ne pouvais pas faire autrement, notre malheur était obligatoire. Ce malheur grandissait avec lui car je fût obligée de la laisser aussi lors des vacances scolaires au centre de loisirs pour la journée ou en colonie de vacances lorsqu'il fût plus âgé. Je n'avais pas d'autres solutions.

Dès sa naissance il fut entouré d'amour. C'étaient les seuls gestes et les seuls mots qui me venaient. Je n'ai jamais pu me faire à l'idée que nous puissions nous passer l'un de l'autre. Je n'ai toujours eu qu'une hâte après la séparation matinale, le retrouver pour le serrer dans mes bras et lui exprimer mon amour exclusif. En effet, à partir de son arrivé dans la vie et dans ma vie, je n'ai plus vraiment éprouver le besoin ou l'envie d'avoir un rapport sexuel avec un homme. Les occasions ne manquaient pas et cela me titillait quelquefois mais j'étais comblé par mon enfant chéri et je ne voulais pas le trahir. Je n'ai eu avec lui qu'une frustration, encore était-elle de ma responsabilité, je n'ai pas pu l'allaiter comme je l'aurais désiré, mon lait n'était pas d'assez bonne qualité, voire même j'empoisonnais mon petit bébé chéri. Quoi qu'il en soit, il aurait été difficile de combiner travail et allaitement. J'adorais le tenir dans mes bras, je voyais son regard plein de reconnaissance, il ne me quittait pas des yeux. Et, en le nourrissant je lui chantais des chansons douces.

Mais le temps passe inexorablement, bientôt se fût la maternelle puis l'école primaire. Je préférais prendre la voiture pour y aller. Je nous sentais plus en sécurité. Mais surtout nous pouvions continuer nos conversations du petit-déjeuner.

J'avais la chance d'avoir des horaires souples pour commencer le matin. Sans être pressée nous pouvions nous lever tranquillement. Mon réveil me réveillait rarement mais je préférais attendre sa sonnerie avant de bouger de mon lit. Je me disais que peut-être mon petit amour l'entendrait et qu'il viendrait me faire une gentille bise. Peu de temps après le bip bip, je me levais. J'allais directement dans sa chambre, je n'allumais que la lumière du couloir, je ne voulais pas l'agresser avec celle de sa chambre, je me dirigeais vers la fenêtre, ouvrais les rideaux puis les volets. En retournant vers ma chambre pour passer un peignoir, je me penchais sur lui pour l'embrasser.

Après le passage aux toilettes, nous préparions ensemble le petit-déjeuner. C'était simple, lui des céréales dans du lait, moi, un café. Nous en profitions pour parler et discuter de choses et d'autres. J'en profitais pour glisser au détour de la conversation qu'il était mon fils chéri et que je ne savais pas ce que je serais sans lui. Je n'ai jamais réussi à me départir de cette douleur de la séparation. Elle commençait à prendre forme dès la fin de ce repas matinal, lorsqu'il allait à la salle de bain pour se préparer. Le crescendo continuait quand il préparait ses affaires d'école qu'il s'habillait. Se rajoutait quelques degrés dans la voiture pour atteindre son point culminant à sa disparition derrière le portail de l'école. Je ne sais pas si c'était bien pour lui que je lui dise tout ça. Je pense que oui, non, je suis sûre que oui, un enfant doit savoir qu'il est aimé.

Il n'eut jamais de problème à l'école. Il n'était pas le meilleur mais cela n'avait pas d'importance, il me suffisait que nous soyons heureux. Sauf une fois où il fût dans la classe de ce maître n'était pas tendre avec les enfants. Cela se disait dans l'école entre les parents mais nous étions plutôt satisfait d'avoir un enseignant autoritaire qui ne s'en laissait pas compter. Personne ne connaissait ses agissements, les enfants avaient trop peur. Jusqu'à la réaction de mon petit chéri, il s'était défendu contre ce tyran. À partir de là le masque était tombé, les élèves ont commencé à parler. Je voulais tout faire pour protéger mon poussin d'amour et je l'ai fait. Jusqu'à la fin de sa scolarité, c'est à dire au mois de juillet suivant, ce maître maudit ne mit plus les pieds dans cette école au grand bonheur de tous. On n'a plus entendu parler de lui. Son administration a réussi à lui éviter un procès, il y avait d'autres parents dont les enfants avaient subi sa violence. Pourtant il était jeune. On aurait pu penser qu'il serait dans une autre posture pédagogique. Manifestement il était d'une autre époque. Pourvu qu'il ne fasse plus de mal à personne.

Les années de collège ont suivi leur cour, identique à elle même, si ce n'est que de poussin, mon petit passait à poulet et se préparait à devenir coq. Je voyais bien qu'il grandissait, qu'il se développait. Il prenait de l'envergure. Contrairement à d'autres garçons, il n'était pas contre le fait que le vienne le chercher à la sortie quand cela m'était possible. Je trouvais cela normal, ordinaire. Des collègues de travail me racontaient qu'elles étaient ou avaient été pour certaines interdites par leurs enfants de se trouver aux abords de l'établissement sous peine de scandale une fois rentré à la maison. Ces pauvres petits chéris avaient leur vie à vivre, ils n'avaient pas besoin de chaperon, encore moins du jugement de leur mère. Je voyais le mien faire la bise à ses amies. Je le questionnais gentiment le soir ou le matin lorsque nous étions à table. Il ne semblait pas vouloir fréquenter ses camarades de classe. Il n'allait que très rarement aux anniversaires. Il disait qu'il préférait rester à la maison, que c'était plus satisfaisant pour lui. Qu'il y avait ici tout pour son bonheur. J'étais en balance entre le pousser à sortir, faire des expériences adolescentes et le retenir. Il a choisi pour moi.

En effet, quelque chose de complètement bizarre se produisit et surtout se reproduisit.

9

Notre vie était merveilleuse, elle était celle dont je rêvais. Un rêve simple mais qui me comblait : un appartement, un métier, des amies et par dessus tout mon petit garçon d'amour. C'est essentiellement lui qui rendait notre quotidien si merveilleux. Il manquait juste le prince charmant. Hors justement, ce n'était pas spécialement un manque, seulement un petit défaut dans l'histoire ordinaire d'une femme. Il n'était pas si nécessaire que ça dans notre vie.

Mais, quelle que soit la quantité et la qualité de bonheur dont on dispose, il est une chose dont ne peut se départir une mère : l'inquiétude du moment présent et de sa projection vers le futur. Tout peut-il durer immuablement, imperturbablement, comme ce bonheur et cette sérénité actuelle ? Ce n'est malheureusement pas possible parce que le monde change, les enfants grandissent, les personnes vieillissent et peuvent tomber dans l'aigreur. Il y a donc de multiples facteurs de risques qu'il convient de minimiser. Une mère doit veiller à ce genre de chose. Elle reste en alerte. Se reposer sur ses lauriers lui est interdit. Le monde matériel et le monde social sont remplis de danger.

La maison était en sécurité, on ne pouvait pas risquer un accident grave. Mes propres souvenirs m'y engageaient. Tout ici était électrique et protégé par une installation répondant aux dernières normes. Les produits dangereux étaient hors de portée de main, de même que les tiroirs et portes de placards avaient des systèmes de sécurité pour leur ouverture. On peut donc fortement réduire ce genre de risques dans une maison. En revanche, il n'est pas possible de toujours veiller sur ses occupants qui peuvent avoir des comportements particuliers. Plusieurs fois, alors qu'il était encore à l'école primaire, j'ai entendu du bruit la nuit venir de la chambre de mon petit. Je n'y ait guère prêté attention. Quand je m'en souvenais le matin j'en parlais au petit-déjeuner. La réponse était invariablement identique, il ne se souvenait de rien. Pour lui il avait parfaitement dormi toute la nuit, sans interruption. D'autres fois je lui demandais pourquoi certains de ses jouets étaient cassés. Il ne se souvenait pas les avoir abîmés mais pour lui ce n'était pas grave, parce qu'il ne voulait plus s'amuser avec ceux-ci car ils avaient été méchants avec lui. Je n'ai pas essayé de lui faire comprendre qu'un jouet ne pouvait pas être « méchant » puisqu'il n'était pas vivant et qu'il ne pouvait pas avoir de comportement autre que celui que nous lui imposions. Il n'en démordait pas. On aurait dit qu'il pensait que les jouets avaient une âme, une conscience qu'ils étaient capable de réaction. Je le laissais dire tout en essayant de le convaincre gentiment du contraire, je ne voulais pas le blesser. Il n'était encore qu'un enfant avec son imagination et ses mots.

Plus tard alors qu'il était au collège, deux ou trois fois, je l'ai vaguement entendu aller aux toilettes la nuit. Mais un soir, il commençait sa troisième, je ne sais pourquoi, j'avais du mal à m'endormir. Trop de pression au travail, peu probable, une émission de télé trop tardive, peu probable aussi, des soucis d'amies qui pouvaient me toucher, certainement pas, une prémonition, je n'y croyais pas. Ce petit problème m'était déjà arrivé et mon médecin m'avait prescrit un petit calmant à prendre au cas ou. Ce soir là fût une des fois où je l'ai entendu se rendre dans la salle de bain. Je n'y ai pas prêté attention plus que ça. Je me suis retournée dans mon lit pour essayer de retrouver ce sommeil qui me fuyait. Je voulais éviter de prendre le médicament qui était là sur la table de chevet comme chaque fois où j'en avais besoin. Je ne bougeais pas. Les brumes commençaient à m'envahir lorsque j'ai eu le sentiment qu'il se passait quelque chose. Je sentais comme une présence. Je n'avais rien entendu. Je fus rempli d'une sorte de terreur qui m'immobilisait, mon esprit bouillonnait mais m'interdisait de faire le moindre mouvement, j'étais comme tétanisée. J'entendais juste une respiration, des vêtements qui se frottent puis ma couette qui se soulève découvrant mes fesses pendant quelques secondes. Des pieds vers la tête mon corps tressailli, la couette reprit sa place et je ne perçus que l'air du mouvement de quelqu'un qui se déplace rapidement.

Je n'osais mettre des réponses sur mes questions. L'adrénaline qui avait envahit mon corps m'empêchait de trouver le sommeil. Mon cerveau tourbillonnait dans tous les sens. Il y avait un phénomène tellement nouveau et tellement improbable qu'il obscurcissait toutes mes pensées. Elles se présentaient comme autant d'hypothèses qu'il fallait trier au plus vite.

Je ne sais combien de temps cela a duré mais nous étions maintenant à une heure très avancée de la nuit. Ma tétanisation avait cessé. Le silence régnait de nouveau. Les bruits inhabituels avaient disparu, seule la rue émettait quelques sons par intermittence. Mes draps n'avaient plus été bougés non plus. J'imaginais que mon attente était finie. J'avais les yeux grands ouverts, ils s'étaient habitués à la pénombre de la pièce. D'un mouvement je me retrouvais assise sur mon lit, le dos calé par mon oreiller. Je n'avais pas lâché ma couette, je la serrais contre mon visage ne laissant apparaître que mes yeux. J'avais fait cela dans le plus grand silence, comme un serpent se love dans un nid. J'avais peur que mon visiteur ne soit encore là à me guetter. Mais non, la chambre était vide. J'en étais soulagée presque heureuse. La tension retombait. J'eus un petit hoquet. Presque un rire, nerveux, très nerveux. Je laissais mes mains se détendre en les posant sur mes jambes.

Il était impossible qu'un étranger puisse entrer dans ma maison de la sorte, qui plus est en cette saison où les fenêtres et la baie vitrée du balcon étaient fermées. J'avais aussi des rituels quand nous étions à la maison avec mon fils, invariablement je mettais la clé dans le barillet une fois entrée puis je donnais un tour à la serrure. De plus notre porte n'avait pas comme certaine une poignée qui permettait de l'ouvrir de l'extérieur. Certains appartement dans l'immeuble en avaient une pour cause de famille nombreuse et mouvante, ce qui n'était pas notre cas. Je ne me donnais pas la peine de vérifier, j'en avais la certitude. Il n'y avait donc que deux personnes ici, cette nuit. Mon fils et moi. Et je n'avais pas rêvé, je n'avais pas pris le somnifère. Mes sens ne pouvaient pas me berner à ce point, j'avais bien entendu une personne comme j'avais bien senti que cette même personne soulevait ma couette. Tout cela ne pouvait être que de son fait.

Mon fils devait être, obligatoirement l'auteur de l'intrusion dans ma chambre et dans mon intimité. Cette conclusion, quoique bizarre, était la seule possible. Malgré tout elle me rassurait. Si Léo avait un problème, il convenait que moi, sa mère, je sois au courant et que je ferai tout pour le résoudre. Cette dernière pensée finit de m'apaiser. Je me glissais de nouveau dans mon lit pour n'entendre le réveil que le lendemain matin.

Le petit-déjeuner ressemblât à tous les précédents, céréales, chocolat, café, discussion. Il était frais et dispo comme tous les jours. Je ne vis aucun mouvement de sa part qui puisse induire qu'il ne disait pas la vérité quand je le questionnais sur cette nuit sans lui dire ce qu'il avait fait, il fallait être discrète. Je voulais aussi savoir si cette nuit avait été sa première intrusion dans ma chambre. La perspective d'une réponse négative m'effrayait et me mettait très mal à l'aise. J'avais peur de découvrir une horreur.

Je compris assez vite que pour que mon fils entre dans ma chambre, il fallait qu'il me croit endormie, assommée par le somnifère, afin qu'il commette son forfait sans que je le vois. De fait, je pus vérifier qu'il entrait lorsque le verre et la boite de cachets étaient sur la table de nuit, et quand il n'y était pas la porte ne faisait que s'ouvrir et se refermer. Je pus constater aussi qu'à chaque intrusion, ses draps et son pyjama présentaient des marques d'activités sexuelles solitaires, ce qui est normal à cet âge mais pas dans ces conditions. Toutefois, il y avait, dans ce marasme, une chose plutôt positive. Ce que j'appelais « ses crises » n'étaient pas très fréquentes. Mes longues nuits de veilles m'ont rassuré sur ce point. En revanche, je n'avais aucune idée de savoir s'il présentait un danger pour lui, pour moi ou pour les autres.

J'avais une honte terrible de cette découverte. J'en étais obligatoirement responsable puisque j'étais l'objet de ses crises . Sinon, les différentes institutions qui l'avaient accueilli pendant les vacances scolaires m'auraient avertie d'un souci, d'un gros souci. Je ne pouvais que garder cet horrible secret pour moi. Sinon, comment en parler, à qui ? En tant que mère je croyais pouvoir l'aider. La tache ne pouvait pas être si grande qu'elle en devienne insurmontable. Elle l'était pourtant. Elle m'effrayait de plus en plus au fur et à mesure de ma prise de conscience de l'état psychologique de mon fils. La peur qui s'insinuait ne me permettait pas d'avoir une vision sereine de la situation. Et quand on a peur, il faut avoir du courage. Celui-ci peut s'exprimer de maintes façons et personne ne sera apte à le juger. En effet, comment pouvais-je continuer à vivre avec lui dans ces conditions ? Alors qu'il ne sait même pas qu'il est comme ça ! Il me fallait agir. Par la fuite, se défausser de ses responsabilités. Ne pas affronter est aussi une option. Mon psy aussi y convenait. Ne pas affronter est aussi une option. Il me fallait occulter pour avoir une chance de garder cet amour, pour le faire perdurer au-delà de tout.

L'éloignement me semblait être la meilleure solution.Que je ne sois plus accessible dans son espace. J'eus juste le temps de trouver et de l'inscrire dans un internat afin qu'il passe le diplôme qui lui tenait à cœur pour tenter le concours qu'il voulait, celui de technicien de la police scientifique. Parce qu'il était obnubilé par cette série. Il n'avait qu'une exigence quant aux programmes télé, c'était de regarder R.I.S. et d'être R.I.S. Pour ma survie et peut-être la sienne je me pliais pour que ce désir un peu farfelu prenne forme. J'allais donc passer des jours à essayer d'oublier pourquoi mon fils adoré n'était pas auprès de moi comme il devait l'être. Il me fallait probablement payer pour cette responsabilité, pour ma culpabilité

Mais je voyais revenir et augmenter l'angoisse les fins de semaines et les vacances. J'étais complètement démunie, ma propre peur et celle de son incompréhension si jamais je le rejetais définitivement ne me permettait pas de changer ou de remettre en cause mes décisions précédentes. Il me fallait porter ma croix.

Je ne sais pas pourquoi, une intuition, un sixième sens, le cœur d'une mère, mais à quelque chose prés j'arrivais à deviner, à connaître à l'avance si la nuit suivante allait être le théâtre d'une nouvelle crise. Dans sa vie calme et bien rangée, il ne fallait pas qu'il y ait d'éléments perturbateurs qui aient une prise directe sur lui comme quelque chose qui ne fonctionnerait pas malgré ses exhortations par exemple. Donc, pour la tranquillité de tous, je veillais à ce que tout fonctionne parfaitement et qu'il soit occupé à faire le moins de chose possible à la maison. Cela demande des efforts d'attention considérable. Et, dans ces conditions, le temps qu'il a passé à préparer son examen après son diplôme a été une grande source d'épuisement.

Première tentative et réussite à son concours. Il allait de nouveau partir pour quelques mois, il avait loué là-bas une chambre en ville, il ne voulait plus loger à l'internat. Il semblait très pris par ses cours et ses nouveaux camarades. J'avais peur qu'il n'arrive quelque chose de dramatique. L'annonce de la mort d'une formatrice me fis un choc énorme. Mes angoisses et les frayeurs qui m'accompagnait reprirent de plus belle. J'arrivais tout de même à me calmer car aucun enquêteur n'essaya de me joindre.

Je savais qu'il demanderai à revenir vers ici. Pour lui, tout ce que faisait sa mère était pour son bien. Pour moi, lui préparer un trousseau était un moyen de ne pas l'avoir trop de temps à la maison. Il fallait que je lui mente, pour son bien. Mon psy me soutenait dans cette démarche.

10

La matinée était à peine entamée par un café chaud quand mon adjoint m'apostropha.

« Commissaire ? Vous pouvez prendre l'appel s'il vous plaît ? C'est very important ! J'ai l'impression qu'il y a eu du grabuge mortel à l'école de police ! »

Ce coup de téléphone tombait bien. Je commençais à me prendre gravement la tête à finir un dossier. La garde à vue du suspect dans une affaire qui nous avait demandé du temps et de l'énergie s'était terminée assez tard. D'après nos éléments durant l'interrogatoire, le juge avait décidé une mise en détention provisoire, il me fallait maintenant mettre au point le compte rendu final. Je détournais provisoirement les yeux de mon écran pour saisir le combiné.

« Je prends, répondis-je. Allo, commissaire Varlet j'écoute... Non de dieu de bordel de merde ! C'est quoi ce bazar ! Ne touchez à rien, on arrive... Désolé c'est l'habitude.

— C'est grave chef ?

– Il semblerait que tu ais raison, gros grabuge mortel comme tu dis. Ils ont trouvé une formatrice de l'école assassinée dans sa chambre ! Plus le temps de finir, urgence oblige, je sauvegarde et je file. »

Durant le trajet il me fut impossible de faire un exercice mental que j'affectionne particulièrement : quand on m'appelle pour une affaire et que je dois me rendre sur les lieux, j'essaye, avec tous les a-priori que cela comporte, de reconstituer le délit. Un vol, un meurtre, c'est plus rare, ou autres délits, on peut facilement imaginer les protagonistes ainsi que le déroulé de l'affaire pour s'inventer une histoire. Les délinquants sont assez prévisibles, les statistiques le montrent. En faisant bien attention de ne pas la garder comme fil conducteur dans l'enquête, il n'y aurait rien de plus dangereux. Dans notre métier, les idées reçues sont légions et elles peuvent faire très mal si on ne garde pas une part de doute. Mais ici, dans ce cadre, pas moyen de construire quelque chose, pas moyen de se raccrocher à un mobile, le flou complet. Mon esprit ne pouvait travailler à rendre la chose plus claire. Échafauder des hypothèses se révélait très délicat, l'erreur de jugement était constamment présente. Les deux questions principales, elles, étaient bien là, qui et pourquoi ? Les réponses allaient être difficile à trouver mais ça je ne le comprendrai que plus tard. Et puis nous ne sommes pas là pour juger mais pour enquêter.

Il y avait un planton au bas du bâtiment qui m'indiqua le lieu du drame. Je montais les escaliers tout en essayant de repérer déjà quelques indices, j'étais dans l'affaire. Peine perdue, le ménage avait été fait, et bien fait, tôt ce matin avant la découverte macabre. Il ne nous restait que la chambre pour espérer trouver des éléments probants. Un autre planton se tenait devant une porte celle de la chambre du cadavre certainement. En face se trouvait un petit groupe de quelques personnes. Le directeur de l'établissement se présenta ainsi que ses adjoints. Je leur montrais ma carte.

« Bonjour commissaire nous vous attendions.

– Bonjour, vous pouvez m'expliquer de quoi il retourne avant que j'aille faire les premières constatations ?

– Bien sûr. Comme tous les matins, les formateurs doivent prendre leur service à sept heures trente en se rendant au réfectoire où est servi le petit déjeuner, même si leur cour ne démarre qu'en deuxième partie de matinée ou l'après-midi. Cela vaut surtout pour ceux qui sont logés temporairement dans l'établissement, les autres peuvent arriver à 8 heure, les cours commencent à 8 heure 30. Ce matin nous n'avons pas vu arriver notre collègue. Bien que la règle soit d'être là nous n'avons pas fait trop cas, se disant qu'elle était peut-être fatiguée pour de multiples raisons qui lui appartiennent. Nous avons commencé à nous inquiéter quand l'heure commençait à approcher. Nous avons demandé à plusieurs personnes s'ils l'avaient aperçu. Face à toutes ces réponses négatives nous avons essayé de l'appeler sur son téléphone portable personnel. Là encore pas de réponse, nous avions directement la messagerie. J'ai donc envoyé mon adjointe ici présente voir si elle était dans sa chambre. Nous vous écoutons dit-il en se tournant vers sa collègue.

– Effectivement, je suis venue ici. Je n'étais pas spécialement inquiète, il arrive que des formateurs extérieur aient du mal à se réveiller. Je toque à la porte plusieurs fois sans réponse. J'appelle en forçant la voix, toujours pas de réponse. Je tourne la poignée, la porte n'était pas fermée. Une fois ouverte je continue de taper sur la porte en appelant encore, toujours le silence. J'éclaire le couloir, pas de réaction, je commence à penser qu'il n'y a personne, que la chambre est vide de son occupante. J'avance, je n'entends aucun bruit, les volets sont fermés. J'arrive dans la pièce, je me tourne vers le lit, je devine une vague forme dessus, j'actionne l'interrupteur et je vois notre collègue gisant en travers du lit la tête ensanglantée. Je suis frappée d'une terrible stupeur. D'un coup je me sens mal. Un haut le cœur me prend, comment cela est-il possible, me dis-je en moi-même ? Je me ressaisis difficilement. Je m 'approche en essayant de ne rien déranger afin de constater son état. Manifestement elle ne respirait plus et son crâne portait des stigmates de coups violents. Elle était bien décédée. Je suis délicatement sorti de la chambre, la suite vous la connaissez.

– Puis nous vous avons appelé, reprit le directeur, nous vous attendions pour faire ces premières constatations. Nous avons beau être dans une école de police, ce travail ne nous incombe pas, il vous appartient. La police technique devrait arriver bientôt.

– Et vos étudiants, où sont-ils ?

- Pour le moment, à part nous, personne n'a connaissance du drame, nous l'annoncerons en temps utile.

- Très bien, je vous remercie. J'aimerais voir la scène à présent.

Je me tourne vers le planton qui m'ouvre la porte. Je rentre, je traverse le petit couloir. Les lumières sont toujours allumées et les volets encore fermés. Je stoppe à l'entrée de la pièce. Je jette un coup d'œil circulaire. Rien de spécial n'attire mon attention, c'est une chambre ordinaire, des plus banales. J'aperçois quelques affaires en vrac sur une chaise, une valise au sol où traîne encore quelques vêtements qui ne sont pas rangés dans le placard avec les autres, une paire de chaussures réglementaires, elles ne sont pas à es pieds. Si elle s'est assise sur le lit, elle n'a pas eu la possibilité de se lever en présence de son agresseur, me dis-je. Je vois le corps sur le lit. Devant se trouve des pantoufles. Je fais attention depuis mon entrée à marcher sur les bords des murs. Ce n'est pas naturel de se déplacer ainsi mais il a peut-être des indices sur le trajet qu'emprunterait tout le monde pour rentrer ici. Même si je sais que la directrice adjointe n'a pas pris cette précaution, je ne veux pas contaminer encore plus d'éventuels indices. Malgré tout je fais un aller-retour vers la fenêtre, je monte le volet roulant pour avoir une meilleure lumière. Je ne décèle rien de particulier. Rien d'évident qui sauterait au yeux, qui ferait tilt. Il n'y a tellement rien qu'on pourrait penser à un suicide si ce n'était pas ce genre de blessure mortelle obligatoirement faite par un tiers. Je m'approche avec précaution pour me faire une idée plus précise. Elle est revêtue de son pyjama. On voit nettement que le crâne a été frappé avec une violence extrême, il montre une forme en creux visible à l'endroit de l'impact. Un seul coup a suffi pour provoquer la mort. Elle n'a senti que le choc, son inertie l'a mise et laissée dans cette position. Elle devait être assise au bord du lit quand elle a été frappée. Elle n'a plus bougé, le sang s'est répandu sur les draps. Je ne peux pas encore connaître l'heure approximative du décès avant l'arrivée de mes collègues scientifiques.

J'ai un début de scénario qui se dessine. Le meurtrier est entré comme il est sorti en un temps très bref. Il entre, il la réveille, il frappe, il sort. Peut-être ont-ils discuté, très brièvement, tellement qu'elle n'a pas pu réagir. Il n'a touché à rien, les vêtements de nuit sont à leur place, ni relevés, ni déchirés. Il ne semble pas y avoir de caractère sexuel dans l'agression. Tout cela est bien maigre. Personne n'aurait rien entendu ni vu ? Il me faut questionner ceux qui logeaient dans ce bâtiment puis ses élèves. J'appelle le service pour avoir des renforts, il y a beaucoup de monde à interroger. Je sors de la chambre pour rejoindre les autres. Les techniciens viennent juste d'arriver. Ils connaissent parfaitement le boulot mais je leur dis quand même de bien veiller à prendre des échantillons pour analyser ce qui auraient pu être déposé par des chaussures sur le sol, comme une intuition.

Tous les occupants et ceux qui naviguaient dans l'enceinte de l'établissement ont été consignés à l'intérieur. Il ne manquait personne. On nous a affecté quelques bureaux pour commencer notre travail. Les consignes ont été données quant aux questions à poser pour diriger l'interrogatoire. Pour le moment tout le monde était suspect. Tout est noté et vérifié. Outre les faits et gestes de chacun qui permettaient d'éliminer nombre de gens, nous en sommes venus à dresser un portrait psychologique assez précis de la victime. En deux mots, c'était une « peau de vache. » En effet, si en dehors des cours elle était une personne agréable et sympathique, pendant, elle était désagréable et antipathique vis à vis de certains élèves sans que l'on sache vraiment pourquoi, il n'y avait pas de justification visible à son acharnement sur une personne ou sur un groupe. Ce qui était aussi très déstabilisant pour ses étudiants.

Justement, j'eus l'occasion de m'entretenir avec un de ses étudiants. Il a été en tous points stupéfiants. Il se disait franchement attristé de cette découverte, il disait aussi qu'il n'en comprenait pas les pourquoi et il le répétait. Mais, étrangement, ce sentiment exprimé ne se retrouvait pas dans le ton qu'il employait. Sans être enjoué, il paraissait excité par la situation. Il donnait aussi l'impression qu'il voulait aider, qu'il voulait faire partie de l'équipe. Il a été assez compliqué de lui faire entendre raison parce qu'il faisait partie des suspects. Mais surtout, sans que je m'en rende vraiment compte, c'est lui qui en vint à me poser des questions sur moi, mon travail, mon équipe, l'équipe de la scientifique. Il s'était engagé tout seul dans un flot de paroles, commentaires et questions. Il a mis un moment à s'apercevoir que je ne lui répondais plus. Il en fut surpris quand il s'en aperçu et s'excusa de son attitude disant qu'il voulait toujours trop bien faire pour être plus que bon dans son domaine. Finalement je le trouvais plutôt attendrissant et très sincère. De plus il n'y avait pas dans ses dire de quoi faire avancer l'enquête. Mais il y avait d'autres personnes à interroger pour nous apporter quelques lumières dans ces ténèbres et le temps était contre nous, il nous fallait finir cette tâche.

À la fin je ne pouvais pas imaginer que l'un d'eux puisse

se venger et tuer l'intervenante de la sorte. Il y avait un pas que je ne pouvais pas franchir. Pourtant, l'examen de son téléphone ne révélait l'utilisation d'aucun site de rencontre depuis le début de ses cours ici même. De plus, les semaines précédentes se révélaient infructueuses pour elle. Elle ne matchait pas. Quel mobile était donc en jeu ? D'après les directeurs elle n'avait qu'une famille lointaine, le meurtre familial ne pouvait pas être une piste sérieuse, elle était célibataire depuis des lustres, elle ne pouvait pas être un meurtre par conjoint. Il ne restait qu'une solution tout bizarre et toute tordue, un fou. Un malade mental qui aurait pu la repérer, on ne sait comment ni pourquoi, puis la suivre. Il n'y aurait donc pas de mobile mais une justification par l'état de santé du meurtrier, un psychopathe.

Après les interrogatoires et avant de rentrer au bureau j'ai pris mon adjoint pour faire le tour de l'école, toujours à la recherche d'indice. Nous avons vite remarqué que l'établissement n'était pas parfaitement clos, il y avait une brèche déjà ancienne dans le grillage. Par conséquent, nul besoin de passer par les gardiens pour entrer dans l'établissement. Manifestement le budget de fonctionnement ne permettait pas que les équipes d'entretien viennent jusqu'ici. Ce passage devait servir aux aspirants policiers et autres pour s'échapper sans passer par le portail, en toute discrétion, pour faire le mur. Effectivement, il y avait des traces de pas récentes, se dirigeant vers l'intérieur et vers l'extérieur, l'aller-retour de notre assassin ? C'était fort probable, à moins qu'il soit de l'école et dans l'école, c'était le seul passage possible. En prenant là aussi toutes les précautions d'usages, nous avons recherché d'éventuels indices, en vain. Rien. Notre homme était bien trop fort, pour le moment pas une faute. Notre enquête sentait le désespoir et le raté.

Je voulais comprendre comment il avait pu faire. Comment il avait pu se faufiler sans être repéré. J'ai donc enfilé ma tenue de camouflage et je suis revenu à l'école dans le calme de la nuit. Je n'ai guère tenu compte de son trajet potentiel dans les rues. Je me suis garé juste deux pâtés de maison plus loin et j'ai pris le chemin vers la grille. Tel le soldat commando j'accomplissais ma mission. Finalement elle était facile : pas de surveillance, les lumières blafardes ou inexistantes, une porte de bâtiment avec une serrure défectueuse. Mais comment est-il rentré dans sa chambre sans la réveiller ? Il n'y avait pas de marques d'effraction et il était certain qu'elle ne s'était pas levée pour lui ouvrir, elle a quasiment été tuée dans son lit. Ou alors n'avait-elle pas fermé la porte à clé ? Certains ont des tics curieux.

Le laboratoire qui avait prélevé les éléments dans la chambre nous fit parvenir ses premières conclusions quelques jours plus tard, avant que la session de formation ne soit terminée. Il y avait bien des marques de chaussures, des baskets plus exactement, qui n'appartenaient pas à la victime, la taille ne correspondait pas. Malheureusement il s'agissait d'une marque et d'un modèle extrêmement courant, porté par quantité de personnes. Et les traces de terre recueillies au sol n'apprenaient rien non plus sinon qu'elles venaient de l'extérieur de l'école. Fouiller les valises de chacun ne nous apportât aucune preuve ni rien qui puisse nourrir notre intuition avec ces nouvelles informations .

Les jours passaient et nous piétinions dans la gadoue. Aucune information nouvelle ne faisait avancer l'enquête. Si bien, ou plutôt si mal, que cette session de formation s'acheva sans que soit élucidé ce meurtre. Pourtant nous avions fait tout notre possible, mis toutes les équipes disponibles pour éplucher tous les dossiers, tous les profils psychologiques, tous les parcours de vie, de toutes les personnes qui avaient pu être en contact avec la victime. Rien de rien. L'enquête devait s'arrêter faute de résultat, elle n'était pas clause pour autant, elle restait comme d'autres en un recoin de mon cerveau. Elle deviendra un

« cold case ».

Plus tard, comme j'avais déjà envisagé de le faire, je demandais et obtenais une nouvelle affectation. Voir ailleurs. Mon remplaçant prendra à cœur, j'en suis persuadé, les affaires qui se présenteront et oubliera peu à peu les anciennes.

11

Cette école de police a été une sacré expérience. Les cours étaient géniaux, les formateurs tous aussi brillants les uns que les autres. Sauf une qui l'était moins et qui s'est malheureusement éteinte. C'était un peu injuste tout de même. C'est vrai qu'elle avait été particulièrement vacharde, désagréable, et parfaitement injuste dans sa manière de nous traiter. Mais de là à le payer au prix de sa vie, c'est beaucoup trop cher. Et puis, personne ne sait si elle est morte à cause de ça. Rien ne le prouve ni le laisse supposer. Aucun de nous n'avait assez de haine, assez de bêtise pour commettre un tel acte et compromettre sa carrière future. Les assassins ne pensent pas, ils agissent avec l'impunité qu'ils imaginent avoir.

Elle a pu faire une mauvaise rencontre qui s'est mal terminée. Elle était célibataire, peut-être était-elle inscrite sur des sites bizarres ou malsains. On ne connaissait pas sa vie mais je suis sur que l'enquêteur qui nous avait interrogés là-bas a dû faire des recherches dans ce sens. Aucune information n'est venue jusqu'à nous. D'ailleurs nous n'avions pas à en avoir, puisque nous étions tous potentiellement suspects. Connaîtrons-nous un jour le fin mot de l'histoire ? En revanche, pour moi, il était clair que cela ne pouvait être que l'œuvre d'un déséquilibré. Il était plus sain pour le moment d'oublier ces événements, de passer à autre chose, notre vie continuait et la professionnelle commençait.

Après l'école nous avons tous été placés dans des services de police technique et scientifique afin de suivre un stage qui finira notre formation et actera notre titularisation. Mon vœu de revenir dans ma ville natale a été accepté. J'ai pu donc retrouver ces lieux familiers de mon enfance. Celle-ci s'éloignait peu à peu maintenant que je rentrais dans la vie active. Je pouvais être fier de moi. Tout comme ma mère pouvait aussi être très fière de son fils, parce qu'il avait choisi et qu'il avait réussi dans une voie un peu spéciale qui correspondait parfaitement à ses désirs. Combien d'enfant font finalement le métier qu'ils veulent ou qui leur correspond ?

J'avais averti maman que je risquais fort de revenir chez nous. Elle avait cherché pour moi un logement qui pouvait me satisfaire mais surtout que je pouvais payer, elle se portait garante pour moi. Je n'eus donc à passer que quelques jours à la maison avec elle, le temps que je puisse faire les démarches administratives auprès de l'agence immobilière. Je sentais bien qu'elle était super contente de m'avoir un peu pour elle. Je sentais surtout qu'elle avait quelque chose à me dire mais elle n'y arrivait pas. Je la voyais trépigner. Finalement elle lâcha le morceau, elle avait une surprise pour moi. Comme je n'avais pas grand chose à part mes vêtements et comme elle était une femme prévoyante, elle m'avait composé un trousseau, comme pour les jeunes filles du siècle dernier. Tout était soigneusement rangé dans un garde meuble. Il y avait quelques objets d'occasion mais l'essentiel à un bon démarrage dans la vie était là. Frigo, micro-onde, banquette clic-clac, vaisselle et autres linges de maison. Pour une surprise s'en était une fameuse. Le rêve de n'importe quel enfant aimé de sa mère.

L'installation fût rapide, un fourgon de location suffit à la tache. Par chance, le gros du mobilier, le canapé, l'armoire à monter purent prendre place dans l'ascenseur. En début de matinée nous avons rendu la camionnette et maman m'a aidé à tout ranger. En un tour de main ce fut fait. Nous avons même eu le temps de faire mes premières provisions. Il ne fallait pas que je meure de faim et que je puisse prendre mon petit-déjeuner aux céréales, comme d'habitude. Certaines choses sont immuables. Dorénavant je devrais me débrouiller seul. Cela ne me faisait pas peur, l'internat durant ma scolarité et le studio à l'école de police m'avaient progressivement habitué à l'être. Et tenir propre soi et un appartement était aussi dans mes compétences. Donc tout pouvait rouler dans le meilleur des mondes.

Sauf que je me retrouvais géographiquement à l'opposé de l'appartement de maman. Je lui avais pourtant bien dit que si je devais être indépendant, j'aurais aimé l'être mais pas loin d'elle. Son argument était imparable, j'habitais non loin de mon lieu de travail. Elle avait donc fait un choix raisonnable. Plus près, comme je lui disais, j'aurais pu de temps à autre rester avec elle le soir, j'avais encore ma chambre. C'est vrai me répondait-elle mais il fallait que je me conduise comme un grand maintenant et qu'elle préférerait que je revienne à la maison avec une amie ou une compagne. De plus, comme je n'avais pas encore de voiture, elle estimait que c'était à elle de venir me voir plutôt que je prenne les transports en commun ce qui aurait représenté une perte de temps considérable. Et puis, reprise de l'argument ultime, il fallait vraiment que j'habite à côté du boulot, en effet, je pouvais être appelé à travailler hors des heures officielle de bureau. Le crime et les criminels n'ont pas de planning, ils ont seulement l'habitude de ne pas se lever tôt.

Les horaires décalés étaient une habitude. D'abord parce

que j'aimais mon métier et j'étais toujours ravi de l'exercer quel que soit le moment de la journée ou de la semaine. De plus, je pouvais beaucoup plus facilement que mes collègues avoir des horaires bizarres. J'étais jeune et j'étais seul, sans compagne ni enfant, les mères ne comptent pas. On pouvait donc me demander, et j'acceptais le plus souvent, d'assurer les permanences et les astreintes, ou remplacer les absents. Ce qui finalement convenait à tout le monde et me faisait apprécier de mes supérieurs qui saluaient régulièrement mon dévouement et la qualité de mon travail. Et, ce qui n'est pas négligeable, cela me rapportait quelques pépettes supplémentaires et me donnait de points pour la titularisation

Un jour, un dimanche, le service fût appelé pour intervenir sur une scène. Le domaine est vaste, nous dit-on, il faudra donc plus d'un technicien. Nous n'étions plus que deux ce jour-là. Nous partons dans la voiture de fonction. Ma collègue conduit. Je la regarde comme j'imaginais les scénarios que je me fabriquais dans la tête avant mon entrer à l'école alors que je me gavais de cette série, qui est rediffusée sur les chaînes de la TNT. Je sais maintenant, malgré toutes mes envies et tous mes besoins, que cela n'est pas possible. Je suis et je reste un collègue gentil et serviable, pas plus. Je sens bien qu'il y a une barrière que mon esprit peut faire sauter mais les rapports humains sont d'une nature différente. Le monde des rêves et ce que j'imagine m'appartiennent. Ils ne doivent pas interférer avec le réel, sinon cela serait considérer comme une agression sexuelle. Et ça c'est interdit.

Si des relations qui se noueraient entre collègues ne poseraient pas de problèmes au service, j'ai d'abord comme soucis de les concrétiser. Je ne sais pas faire. On ne m'a pas appris. Les jupons de ma mère ont toujours été suffisant. Mais là je sens qu'ils ne le sont plus. Si je veux être un adulte normal, ordinaire, il va me falloir apprendre.

Le freinage un peu brusque me tire de mes pensées. Nous sommes devant une école. Je la connais bien, c'est celle qui m'a accueilli de la maternelle jusqu'à mon entrée au collège. De bons et un mauvais souvenir en particulier me reviennent. Le portail est ouvert, une voiture de police est déjà garée dedans, ils ont oublié d'éteindre le gyrophare ce qui ne manque pas d 'attirer les curieux du quartier avides de potins. Un policier les empêche de rentrer dans l'enceinte scolaire. L'appartement de la concierge est ouvert, c'est une petite maison séparée du bâtiment principal. Derrière le gymnase il y a ce qui étaient les appartements de fonction des anciens instituteurs. Quelques rares professeurs des écoles, comme on dit maintenant, les occupent encore. Deux sont logés ici. L'escalier qui monte aux classes a aussi ses portes ouvertes. L'inspecteur a dû entendre notre voiture, il sort juste de la loge. Décidément je suis en terre connue aujourd'hui, le supérieur qui nous accueille et qui est commissaire, n'est autre que celui avec lequel j'avais discuté, après mon interrogatoire en règle, à l'école de police. Je savais qu'il voulait venir travailler dans ce coin mais je ne savais pas qu'il avait déjà obtenu sa mutation. Notre zone d'intervention est trop vaste pour connaître tout le monde, nous collaborons en fonction des besoins. Je suis très content de le voir. Il me salue et semble bien me reconnaître. J'ai dû lui faire bonne impression, là-bas. Tant mieux, cela ne pourra que faciliter nos rapports.

Le travail nous attend. La concierge a été agressé par une bande de jeunes qui s'en sont pris d'abord à l'école. En fait ils n'étaient que deux. Ils ont saccagés des classes, gratuitement, la concierge a entendu qu'un bruit anormal venait du bâtiment. Elle a immédiatement appelé les forces de l'ordre. Quand elle s'est retrouvée sur le pas de sa porte pour voir si elle reconnaissait quelqu'un, les deux gamins encagoulés, avec un foulard qui leur masquait le visage, ont couru vers elle en criant et en gesticulant. Elle a eu juste le temps de se retourner et de claquer sa porte derrière elle qu'ils étaient déjà là à tambouriner dessus si fort qu'ils eurent pu la briser. Elle a eu très peur. À notre arrivée elle en était encore toute tremblante. Juste après ces explications, j'entrepris donc la collecte des échantillons. Des coups ayant été portés contre la porte, il pouvait y avoir des traces d'ADN qui traînaient s'ils n'avaient pas mis de gants. Ma collègue, elle, se dirigea vers les classes à l'étage. Je la rejoindrai juste après mes relevés. Nous nous sommes partagés les lieux, elle la droite du couloir, moi la gauche. Le hasard voulu qu'une de celle où j'allais intervenir avait été ma classe de cm2, de triste mémoire. Avec les années écoulées elle aurait pu changer. Mais non, elle restait étrangement familière, comme immobile, malgré le foutoir suite au passage des gamins. À part le mobilier qui avait été changé, il paraissait neuf, rien n'avait changé justement. La disposition des tables, des chaises, des armoires et autres bacs était identique. Ou alors mon imagination appliquait à cette vision ce qui était mon souvenir. L'écriture au tableau aussi m'était connue. Plein, délié, chiffre stylisé, souligné en couleurs à la règle. Tout sentait la vieille méthode qui n'avait pas évolué. Un saut dans l'espace-temps d'un mauvais film de science-fiction.

La voix qui m'apostropha aussi m'était connue, je l'avais subi pendant presque une année. De fait, je vis dans l'encadrement de la porte cet instituteur-tyran-tireur- d'oreille. De mes oreilles. Je ne pouvais pas me tromper. Je répondis sèchement en lui interdisant de rentrer dans la classe. Elle était une scène de crime et elle le restait tant que j'y travaillais. Il fût presque choqué que je lui parle sur ce ton, il ne devait pas avoir l'habitude qu'un jeunot s'adresse à lui de la sorte. Il me regarde, me toise presque, reste sur le seuil, mais ne me reconnaît pas comme un de ses anciens élèves. Trop de temps et trop d'enfants encombraient probablement sa mémoire. Il n'avait pas changé, imbécile, bourru et moustachu, immuable. Il restait planté sur le pas de la porte en continuant à maugréer je ne sais quelle litanie sur cette jeunesse qui ne méritait que châtiments corporels ou camp de redressement. Je traduis plus clairement : des baffes et des gifles étaient nécessaires pour que cette sale engeance comprenne. Encore que ceux-là étaient des hors-la-loi, on peut admettre sa réaction à chaud, sous le choc et sa volonté de punition. Mais moi à l'époque j'étais innocent, je n'avais rien fait de répréhensible qui aurait pu justifier son traitement à mon égard. Les souvenirs revenaient précis et présents d'hier seulement. Ma concentration sur ma tache n'était plus optimale. Il fallait que je me ressaisisse. Mais dégager mon esprit de ce souvenir était pratiquement impossible. Je pris tout de même le parti d'engager la conversation pour en savoir un peu plus sur lui. Je ne le connaissais qu'avec mes yeux d'enfant et mon ressentiment. Celui-ci n'avait pas changé. Mais avait-il évolué ? Compris ? Cela était-il possible ? Il me fallait vérifier. Il se livra avec une certaine fierté dans ses propos. Je résume sa pensée.

Il était revenu dans cette école parce qu'il occupait un des appartements dans le groupe scolaire. Il avait eu, à ses dires, des ennuis de santé qui avait dû l'éloigner temporairement de l'établissement. Et, au départ à la retraite de l'ancienne directrice, il prit les rênes de l'école en gardant le cm2 à mi-temps car il n'y avait pas assez de classe pour avoir un temps de direction complet. Il aimait l'ordre et la discipline qu'il essayait d'inculquer à ses élèves, au grand bonheur des parents (peut-être pas celui des enfants) qui aimaient l'autorité qui faisait quelquefois défaut dans leur modèle éducatif.

Ma conclusion était que la bienveillance était un mot qui n'avait aucun écho dans sa vie, qu'il n'appartenait pas non plus à son vocabulaire. Dommage pour lui mais surtout pour ses élèves. S'il ne sévissait plus physiquement, il devait rester sa violence psychologique qui s'abattait sur certains. Si les crétins qui avaient ravagé la classe devaient être punis comme il se doit pour leur méfait, lui aussi cet instituteur-directeur devait-il être reconnu coupable du mal qu'il avait fait et qu'il continuait certainement à faire. Pouvait-il en être autrement ?

Quand j'eus fini mes prélèvements je pris quelques photos. Alors que j'étais à genoux l'appareil devant le visage, le commissaire Varlet poussa le maître de la classe pour y entrer et me demander si j'avais déjà des éléments probants à se mettre sous la dent. Non que la récolte fût maigre mais on ne pouvait pas l'interpréter ici. Il faudra attendre avant de confondre les coupables. En sortant, il autorisa l'instit à rentrer, il avait hâte de retrouver et de remettre son ordre, moi j'avais hâte de quitter sa présence. Mais avant, « au fait, lui dis-je, vous vous rappelez le petit Léo en CM2 ? C'est moi ! » Un petit moment de flottement, nos regards se croisent, on observe un silence et une interrogation intérieure. Je tourne les pas et je sors.

En descendant je lui racontais au commissaire que c'était l'école de mon enfance et le problème que m'avait causé l'instituteur. Cela me fit du bien de m'épancher, je n'avais jamais eu ou que rarement l'occasion de le faire. Il avait une écoute attentive. Il semblait tout enregistrer.

Revenir sur les lieux de son enfance n'est pas toujours bon pour le moral. Ce soir, malgré la discussion avec le commissaire, il était dans les chaussettes.

12

Il était très rare qu'on puisse passer un week-end d'astreinte peinard au bureau. Les criminels ne chôment pas, ils ne vont pas pointer chez « fout-rien ».

Le standard nous appela, il y aurait eu une agression dans une école, au minimum une effraction. Ce ne sera certainement pas une grosse affaire. Au moins serons-nous occupés un moment. Je ne savais pas encore qu'il me faudrait y revenir pour une tout autre histoire. Pour le moment j'embarquais un adjoint, on ne sait jamais, il avait l'air de s'ennuyer ferme à jouer continuellement sur son téléphone qu'il lâcha pour me suivre. En chemin nos collègues gardien de la paix nous apprirent qu'ils avaient sécurisé l'école et que les casseurs étaient partis. Nous garons la voiture à côté de celle de la patrouille. J'allais voir la concierge dans sa loge. Elle me raconta les faits. Elle a entendu du bruit, plutôt des cris et des rires, qui venaient des classes, puis des fenêtres et des portes qui battaient. Ce qui n'était pas possible parce qu'elle veille bien aux locaux et qu'elle fait un tour des classes quand tout le monde est parti, le soir. Elle sort de sa loge pour voir et là deux garçons, en vêtements de sport, cagoules sur la tête et foulards sur le nez se précipitent vers elle. Prise de panique, elle rentre dans sa maison et ferme le verrou. Juste à temps, les voilà qu'ils frappent la porte à grands coups, avec rage, comme pour la casser, la défoncer. Ceux-ci s'arrêtèrent on ne sait pourquoi et elle appela la police qui se rendit immédiatement sur place. Sa voix tremblait, elle était encore sous le choc. Je lui proposais d'appeler un docteur. Elle déclina l'offre, elle verrait avec la médecine du travail.

Mes collègues avaient pris les devants en demandant de l'aide à la scientifique. Le temps que je discute avec la concierge, ils arrivaient. Je reconnus de suite le plus jeune. C'est une nouvelle recrue qui faisait son stage de titularisation suite à sa formation à l'école de police. Mais surtout, il faisait partie du contingent qui avait eu une de leur formatrice assassinée. Une affaire non élucidée qui me restait en travers de la gorge, un grand mystère. Après les salutations d'usage, nous nous remémorons notre rencontre et notre discussion passée. Il était tout fier que je me souvienne de lui. Était-il possible de ne pas s'en souvenir ? Sa collègue montrait des signes d'impatience, elle attendait les ordres. Je leur demandais donc de faire des prélèvements d'ADN sur la porte, si c'était possible, puis d'aller voir dans les classes s'il y avait des éléments pertinents à récolter pour confondre les auteurs de ces méfaits. Ils retournèrent à leur voiture pour prendre le matériel nécessaire puis ils se mirent au boulot.

Comme à mon habitude, avant d'aller sur le lieu des méfaits, j'allais faire un tour de la « propriété » pour essayer de m'imprégner de l'ambiance, pour voir si des éléments de scénario pouvaient se dessiner. Il était facile de voir comment ils étaient entrés et sortis. Le grillage était un modèle rigide qui présentait de gros risques de blessures si on essayait de grimper dessus, il y avait des pointes en haut. En revanche, il restait un morceau de mur d'enceinte qui lui pouvait être escaladé très facilement par des jeunes plein de vigueur, de plus, celui-ci donnait dans une rue peu passante. Les clôtures dans les écoles sont généralement symboliques, elles empêchent les vols opportunistes mais si une personne tient à rentrer cela ne sera pas bien compliqué. C'est certainement ce qui s'était passé aujourd'hui. Je m'approchais de ce mur, l'herbe à sa base qui n'avait pas été tondue montrait des traces d'écrasement, certainement celle des intrus. À cet endroit là ils n'avaient pas pu être vu ni par la concierge parce qu'elle était cachée par le bâtiment des classes, ni par les habitants des logements de fonction parce qu'ils étaient cachés par le gymnase. Une introduction qui ne pouvait être que discrète par conséquent. J'imaginais sans beaucoup me tromper le chemin qu'ils avaient pris pour rejoindre le bâtiment principal en bas duquel se trouvait les deux portes à double battant menant aux étages. De loin on voyait bien qu'une seule avait été forcée, ce qui n'a pas dû être très difficile. En me rendant vers cette porte, j'essayais de trouver des indices. Rien de flagrant ne me sautait aux yeux. Cette porte n'avait manifestement pas de système de sécurité adéquat. Elle avait été forcée sans qu'il soit besoin d'une grande force justement, l'expression « système de sécurité » gardait le système mais perdait ici la sécurité. Elle n'avait plus que deux points de sécurité et elle présentait du jeu dans la fermeture. Il y a des responsables et des employés municipaux un peu juste sur les questions de sécurité me disais-je. D'autant que ce n'était pas la première fois qu'une telle chose arrivait dans un autre quartier. Je montais à l'étage voir si le travail avançait. En arrivant dans le couloir je vis une silhouette plutôt carré se tenir à la porte d'une classe. Je voyais bien que ce n'était pas le nouveau. Je me doutais bien aussi qu'il devait avoir un rapport particulier avec cette classe sinon pourquoi serait-il là ? Par le fait, j'appris plus tard qu'il en était le maître et qu'il était même le directeur de cette école. Je lui demandais gentiment de se déplacer en posant ma main sur son épaule. Je comprenais que ces événements étaient pénibles au plus haut point, je comprenais aussi qu'il put avoir l'air surpris de me voir mais son air et son aplomb était désagréable, il n'était pas d'un abord sympathique. Il ne devait pas être commode tous les jours dans son métier en classe. En entrant je l'entendais râler du seuil où il devait rester, c'était à peine audible mais il râlait quand même, il continuait encore alors que je m'adressais au jeunot. Techniquement notre conversation fût rapide et peu fournie. Il n'y avait pas besoin de s'étendre, il avait fait ses prélèvements et ses photos, qu'il faudrait analyser. Pour le moment on ne pouvait rien dire de spécial, surtout pas tirer de conclusions hâtives.

Quand nous eûmes fini, j'autorisais l'instituteur (il rectifia en disant qu'il était professeur des écoles) à rentrer dans sa classe, elle était de nouveau à lui, nous avions terminé notre travail. Avant de sortir, le jeunot s'adressa à l'instituteur. Je sentis comme une gène mais je ne compris pas ce qu'il lui disait. Il finit par me rejoindre. Pendant que nous nous dirigions vers l'autre classe afin de récupérer l'autre collègue de la scientifique, je sentais bien que le petit nouveau avait envie de se confier. Je pressentais quelque chose de peu commun. Je me trompais juste un petit peu quand j'appris que cette école avait été la sienne. Je ne me trompais plus du tout quand il continua pour m'apprendre que cette classe avait été aussi la sienne et que l'instit avait aussi été le sien. Son ton s'assombrit quand il commença à raconter ce qu'il y avait vécu. Il n'eut pas besoin de rentrer dans les détails. Il était facilement compréhensible qu'il avait été le souffre douleur de cet imbécile. C'était sa manière d'arrêter son calvaire qui n'avait pas été commune. Fallait-il qu'il soit complètement à bout pour arriver à se retourner violemment contre son enseignant ? Ou bien sous des abords jovials était-il un impulsif, un compulsif de la pire espèce qui cachait bien son jeu ? Pour le moment rien dans son attitude ici ou ailleurs ne pouvait le confirmer. À la fin de son récit il semblait soulagé. Que « semblait » justement, son regard qui allait et venait vers tous les points de l'école trahissait une fébrilité certaine. Je m'enquis auprès de lui si tout allait bien. Sa réponse affirmative ne cachait pas que le souvenir qui revenait soudain le torturait de nouveau, son histoire n'était pas encore totalement digérée. Elle revenait comme une aigreur, un relent de repas trop lourds.

Nos investigations ici étaient terminées. Nous laissâmes la concierge dans sa loge, il était fort improbable que les voyous revinssent. La police de proximité allait faire son travail de terrain et l'ADN parlerait peut-être. De fait moins d'une semaine plus tard nous avons pu confondre ces jeunes (ils étaient mineurs). Ces crétins avaient bavé dans la cité sur leurs exploits, les justifiant par leur haine de l'école et du système. Tant que les propos en sont rapidement venus aux oreilles de médiateurs qui ont eux-même informé la police. Fort de ces renseignements, nous sommes allés les cueillir chez eux, au grand dam de leurs parents, frères (grands et petits) et sœurs. Leurs dénégations ne tinrent pas longtemps face aux nombreuses traces qu'ils avaient laissées un peu partout. Les services de la Protection Judiciaire de la Jeunesse allaient prendre le relais. Une affaire bouclée, je pensais ne plus avoir à revenir dans ce quartier. Mais comme j'avais déjà travaillé dans ce lieu là, mon chef ne trouva pas idiot de me confier une nouvelle enquête au même endroit, deux jours après avoir bouclé la précédente. Enquête qui allait s'avérer sensiblement différente : le directeur de cette école avait été retrouvé assassiné.

Je revoyais donc la concierge, elle me reconnu immédiatement, elle s'empressa de me raconter comment elle en était arrivée à découvrir le drame. Tout d'abord, il faut savoir que monsieur le directeur n'est jamais absent et qu'il tient particulièrement à ce que les horaires soient respectés, les sonneries retentissent à heures fixes. Mais aujourd'hui il ne se présente pas et personne ne nous avait averti de son absence ou son retard. On fait quand même rentrer les élèves. Pendant ce temps je téléphone sur son portable mais je n'ai que la messagerie. Pareil pour le téléphone de sa maison. Je commence à être inquiète. Ne le voyant toujours pas arriver, alors qu'il devait prendre sa classe ce matin, les autres enseignants se répartissent les élèves et une collègue averti l'inspecteur de son absence afin d'avoir peut-être un remplaçant. C'est la procédure. Mais je ne suis toujours pas tranquille. Les élèves sont en classe. Je vais vers les appartements de fonction. L'occupant du dessous a rejoint son école tôt ce matin, il n'y a personne chez lui. Par l 'escalier extérieur je monte à l'étage et je me trouve dans la coursive, devant sa porte. Je tape, pas de réponse. Je tape plus fort, toujours rien. J'appelle, pas de réaction. De plus en plus inquiète je tourne la poignée de la porte. Je ne pensais pas que celle-ci puisse être ouverte. Je connais bien ces logements, il y a un petit couloir qui dessert une première chambre d'un côté et la cuisine de l'autre avant d'arriver dans la salle à manger. Je m'avance en appelant. En arrivant dans le séjour je vois monsieur le directeur allongé sur le sol, du sang a coulé de sa tête. Je ne peux pas imaginer qu'il est encore vivant. Je suis toute retournée.

J'agrippe le montant de la porte pour ne pas tomber dans les pommes. Je sens le vomi qui monte. Je sors en marchant vite puis je vous appelle et je préviens le personnel municipal ainsi que les enseignants.

Cette fois-ci, la scientifique n'est pas arrivée pendant les explications de la concierge. J'ai pu faire les premières constatations avant eux. La porte était ouverte, il n'y avait pas de traces particulières sur le carrelage ou sur les murs. Le cadavre est allongé par terre, une seule épaule touche le sol, ses bras sont devant lui, les jambes pliées en équerre. Je me penche pour l'examiner. Il a une marque sur le crâne, il est enfoncé sur une ligne qui va du coin de l'œil à l'oreille. Comme si on avait voulu lui imprimer le montant de ses lunettes qui sont fracassées juste devant lui. Le coup ne les a pas fait s'envoler à travers la pièce mais elles ont quittés son visage. À mon avis un seul coup a suffi.

Se dessine les prémisses d'un scénario possible. La porte a plusieurs verrous et une poignée à l'extérieur qui permet de l'ouvrir. La mesure de sécurité élémentaire est donc de fermer à clefs lorsqu'on est à l'intérieur pour passer la nuit. Je ne peux pas imaginer qu'une personne qui vit seule ne verrouille pas sa porte. Donc, si l'assassin a pu rentrer c'est qu'il le connaissait, il n'y a pas de marques d'effractions. Mais il n'y a pas de verres sur la table. Peut-être n'a-t-il pas eu le temps de proposer quelque chose à boire ? Ou bien cela a été refusé. Ou bien les conditions de cette connaissance n'étaient pas bonnes ou pas partagées de la même façon, il pouvait y avoir un contentieux entre eux que le directeur ne pensait pas si grave. Il était assis sur la chaise quand le coup est parti. Je verrai avec le voisin s'il a entendu ou vu quelque chose. Il faudra attendre qu'il revienne.

J'en étais là de mes réflexions quand j'entendis qu'on frappait à la porte. Je quitte le séjour pour le couloir en marchant dans mes pas, sur le côté. Dans l'embrasure je vis le petit jeune frais émoulu de son école et qui est déjà confronté à des drames sordides. Il n'est pas si intimidé que cela, il est même plutôt souriant. Ce gamin m'étonnera toujours. Il repasse dans le couloir pour enfiler sa tenue. Combinaison complète gants, masque et brodequins. Pour ce faire, il est adossé au mur, les jambes légèrement fléchies, il a posé sa cheville au-dessus du genou pour enfiler sa protection et, dans cette position, je voyais la semelle de ses chaussures. Je lui fis remarquer qu'il avait de chouette baskets. Il me répondit qu'il les avait depuis quelques temps déjà et qu'il les avait retrouvées par hasard dans un sachet caché au fond d'une valise. Il est fin prêt, il pénétra dans l'appartement. Il ne chercha pas ni demanda où aller, il se dirigea directement vers la scène de crime où il exécuta son travail très consciencieusement.

Enfin il sortit. J'aurais dû continuer mon enquête auprès du voisinage mais j'avais préféré l'attendre, j'avais comme une intuition que je ne perdrais pas mon temps. Il enleva ses protections pour les mettre dans un sachet pour les déchets. Pendant ce temps nous discutions de l'affaire et de choses et d'autres. Quand il eut fini, il prit sa mallette et je pris le sachet. Tout en parlant, je l'accompagnais jusqu'à son véhicule. Je pris bien soin de ne pas lui donner le sac que je laissais tomber derrière la voiture pour qu'il ne voit pas que je l'avais encore à la main. Tout à notre discussion, il dû oublier qu'il devait le ramener, il ne me le réclama pas.

13

« C'est quoi ici ? Ce n'est pas notre chambre, nous ne sommes pas à la maison. Cela me fait penser à ces endroits où ta mère t'abandonnais quand tu n'allais pas à l'école, les centres de vacances, ceux où tu restais la nuit sans elle. C'est bien ça ? C'est bien le mot abandonner que tu veux employer ?

– C'est vrai, c'est ce que je pensais. Mais ça c'était avant. J'ai eu un rêve très clair pendant lequel elle m'expliquait son amour pour moi, que son attachement ne pouvait se rompre quelle que soit la distance...

– Ouais, comme un élastique quoi, un attachement à géométrie variable, on le tend, on tire dessus puis on le lâche d'un coup, aïe, ça fait mal...

– Ne te moque pas, elle était réellement sincère. Et très en peine que nous soyons séparés toute la semaine, je voyais ses yeux se remplir de larme en me parlant. Je suis même sûr qu'elle pleurait mes absences, qu'elle s'en culpabilisait. Je la voyais tellement mal à l'aise que j'étais prêt à ne pas venir ici, moi aussi je veux rester avec elle.

Mais elle sait, elle aussi, ce qui est bien pour moi et forcément pour nous trois, même si elle ne te connaît pas, parce que je ne lui ai jamais rien dit à ton sujet. Mes rêves sont formels.

La conversation continua sur ce ton. Nous nous rappelions ces colonies de vacances ailleurs, loin d'elle pendant des jours entiers à chercher ces odeurs familières que je pensais nécessaires. Les premières nuits étaient celles de la découverte des lieux et des gens. Il fallait tester les portes pour voir si elles ne faisaient pas de bruits. Le pire était les portes battantes avec leurs ressorts qui les refermaient, je n'en ai jamais vu qui ne grinçaient pas. Souvent les sorties étaient de courte durée et souvent nous n'avons pas cherché à aller plus loin dans nos recherches. Elles étaient sans intérêts ou infructueuses, donc inutiles. Si bien que les sorties suivantes se faisaient à la maison, où le terrain était connu. Là-bas, il ne fallait pas prendre de risques qui n'en valaient pas la peine. D'autant que si je voulais satisfaire mes sens, il aurait fallu que j'aille vers les chambres des filles. Ce qui aurait été particulièrement dangereux vue la configuration des différents endroits où elles se trouvaient. Je compris plus tard qu'il y avait des portes de sécurité qui ne s'ouvraient qu'en poussant de l'intérieur. Il était impossible d'y entrer d'où je me trouvais, à moins d'avoir une clef.

Sauf une fois. Nous étions par groupe de trois ou quatre dans une sorte de boite à côté d'autres boites qui contenaient elles aussi trois ou quatre lits. J'eus la chance d'être dans un lit tout seul, les autres étaient dans des lits superposés. Je savais qu'il ne fallait rien tenter les premières nuits, les changements de conditions de vie loin des parents et des lieux familiers perturbaient le sommeil. Mes compagnons de chambrée auraient pu surprendre mes occupations nocturnes. La voix me réveilla. J'ouvrais les yeux puis je tournais la tête vers les autres occupants. Il n'y avait pas le noir complet, un simple rideau épais faisait office de fermeture et les volets des fenêtres du couloir restaient ouverts. Ce soir de pleine lune allait être propice à une aventure.

Je les entendais dormir profondément, le souffle plein et régulier. D'un geste je dégageais mes jambes des draps et couvertures. Je m'assis sur le bord du lit les pieds au sol cherchaient mes chaussures, je les enfilais, elles me seraient utiles en cas de fuite précipitée. J'appelais les autres tout doucement pour m'assurer qu'ils dormaient bien, pas de réaction de leur part. Je pouvais y aller. Une fois dans le couloir, je faisais attention aux bruits venant des autres boites, surtout celles des adultes, les animateurs. Souvent ceux-ci n'y étaient pas dans leur boite et j'ai pu entendre les mêmes râles, les mêmes soupirs que quand je reviens de mes virées nocturnes vers la corbeille de linge et que je me caresse. J'en ai supposé qu'ils devaient eux aussi se caresser. D'ailleurs je les ai vu en écartant légèrement le rideau mais ils se caressaient avec le corps entier, l'un sur l'autre, à deux dans un lit. Ils semblaient trop occupés pour faire attention à moi. Je poursuivis mon chemin.

Je descendis les escaliers, les lumières qui marquaient les issues de secours m'indiquaient le chemin. J'arrivais en bas dans la salle commune. Curieusement la cuisine était encore allumée, il y traînait sur un plan de travail des reliefs de repas qui n'avaient pas été rangés ou mis à la poubelle, une assiette, un verre des couverts plus quelques miettes. J'imaginais que c'était moi, à la maison, qui avait laissé cela. J'imaginais aussi la réaction de maman qui n'aurait pas été heureuse de voir ça, j'aurais été coupable de son travail supplémentaire. Je pensais enfin que la dame qui faisait le ménage était aussi une maman. Je pris donc le tout pour le poser dans l'évier puis j'ai passé la main pour enlever les miettes et leur faire rejoindre la corbeille. Je me sentais bien et mal en même temps. Des sentiments contradictoires m'envahissaient. Maman était injuste de me laisser dans cet endroit, sans elle. Mais elle avait pourtant raison quand elle disait qu'il fallait que je vois autre chose, en plus elle travaillait. Je connaissais ce discours, je le comprenais et j'y adhérais, forcément. Je m'abstins de briser quelque chose. Au contraire, je me dirigeais vers le tableau sur lequel était écrit les activités des différents groupes pour les journées à venir. Je pris un feutre pour écrire : « maman je t'aime tu me manques ».

Cette phrase est comme un leitmotiv pour moi. Elle est mon tort et ma raison.

Les autres nuits de divagations furent tranquilles, ici ou à l'internat du lycée. Je n'avais pas de mission contre personne, rien à briser. J'avais compris que les objets n'avaient pas de vie et qu'ils n'étaient mus que par notre volonté. Je ne pouvais leur en vouloir s'ils me blessaient. J'en étais le seul responsable. Je fis donc entendre raison à la voix sur ce point. Ce ne fût pas facile, elle tenait très fort à ce jugement et à cette sentence. Oui mais les objets ne peuvent pas être injuste envers moi. Seulement les personnes. Et finalement, aucune ne méritait d'être brisée comme un objet.

14

«Il est bien tôt pour que tu te manifestes. Il est vrai qu'un de mes derniers rêves m'a replongé dans un passé que j'aurais préféré oublier mais il s'est rappelé à moi par le plus grand des hasards. Je pense que nous allons avoir un problème à régler. C'est pour cela que tu es là ? C'est juste non ?

    – C'est exact, j'ai vu ton rêve. J'ai vu que tu avais parlé à cet homme. Il ne t'avait pas reconnu, trop occupé à regarder les dégâts occasionnés dans sa salle. Toi, il ne t'a pas fallu une seconde pour l'identifier, son portrait est gravé à jamais dans ta mémoire. Il t'a paru plus petit que dans tes souvenirs. Tu étais toi même bien plus petit à cette époque. Tous les adultes te paraissaient grands, immenses pour certains. Lui en plus avait une aura, une importance, une grandeur supplémentaire à cause de sa fonction, il était le maître de ta classe de cm2. Tu as vu maintenant que cette grandeur n'était qu'un effet d'image, il est finalement très ordinaire, à peine dans la moyenne.

Je reste persuadée qu'il profitait de son statut pour vous maltraiter, toi en particulier et que, dans son idée néfaste, il pensait agir pour votre bien, pour votre éducation. Même si tu as été un moment fort de sa vie, tu n'as finalement été qu'un épisode qui a été réglé à son avantage puisqu'il est toujours là, pour y sévir encore ? Il faudrait lui poser la question. À son contact tu es resté stoïque, imperturbable. Je pense que le simple fait de te retrouver là, dans cette école, la tienne, ne pouvait que faire ressurgir des souvenirs pénibles avec leur cortège de douleurs. Aussi, quand tu lui as demandé de ne pas rentrer pour ne pas souiller les prélèvements il n'a pas fait du tout attention à toi, il n'a pas pensé à la nécessité de ton travail, que peut-être grâce à toi les coupables seront démasqués. Il continue de ne penser qu'à lui, comme toujours. Il faut dire que tu avais un masque, ça n'aide pas à être reconnu. Pouvait-il aussi imaginer le concours de circonstances qui aurait mis un de ses anciens élèves de nouveau dans cet établissement pour ces raisons-là précisément. La probabilité que l'école soit vandalisée, que sa classe soit touchée, qu'y soit dépêchée une équipe de la police scientifique, enfin qu'un de ces techniciens soit toi, cette probabilité est d'une faiblesse qui approche de la nullité. Cette révélation a dû être un grand moment pour lui quand en partant, après avoir enlever la protection de ton visage, en passant à son niveau, le commissaire lui avait donné l'autorisation de rentrer, le touchant presque, le frôlant, tu lui as dit « vous vous rappelez le petit Léo en cm2 ? C'est moi ! ». Tu l'as dépassé, tu t'es arrêté suffisamment près pour qu'il ne se trompe pas de personne en te voyant, pour avoir une certitude. Sans le quitter des yeux, tu es resté immobile juste le temps qu'il suive ta voix et ton regard. Ses pieds ancrés devant son bureau dévasté, son corps s'est tourné, le vrillant par ce mouvement. Puis tu ajoutes avec un geste de la main « à plus tard ». Vous êtes maintenant deux statues vivantes, une interloquée, l'autre, toi, présente une tentative de sourire, lui, hésite dans ses mimiques. Je voyais sa tête qui ne comprenait pas mais j'imaginais son cerveau qui turbinait pour trouver qui était ce « Léo ». Il se triturait les méninges entre incompréhension et incrédulité. Soudain l'éclair, il ne pouvait pas avoir oublié même après des années d'occultation mémorielle. Son corps a été parcouru par un courant, un frisson, un tremblement a été à peine perceptible mais il était bien présent. Puis là il ne choisit plus sa face, son rictus se transforma en grimace. Il a dû penser : « c'est le petit merdeux qui a failli me faire virer de mon travail, foutre ma carrière en l'air, celui qui a osé lever la main sur moi ». Les souvenirs et la rancœur lui remontent comme un flot nauséabond. Je suis sûr qu'il se dit que tous ses malheurs viennent de toi, que tu es responsable de tout ce qui lui est arrivé. Il n'a toujours pas compris la portée de ses actes passés et actuel. Il ne donne que des leçons, il n'en prend pas.

– Probablement. Moi aussi j'ai une rancœur, et une grosse. Elle était enfouie mais elle est revenue, elle toque à la porte. Bonjour, je suis là, je n'étais pas loin, juste sous le paillasson avec la clef du verrou de la mémoire. Quelqu'un s'est frotté les pieds alors je reviens, je suis là maintenant, il va falloir faire avec. Ça fait mal ! Il faut briser ce mal pour le faire disparaître et le mal c'est lui !

- Nous avons donc une mission. J'allais te la proposer. L'injustice n'a pas sa place dans notre vie. Elle revient, il nous faut la supprimer même si le temps a passé, je suis persuadée qu'elle est toujours en œuvre avec d'autres enfants qui souffrent comme tu as souffert.
- Tu as raison, nous avons assez discuté. Nous devons tirer cela au clair, il nous faut agir, allons le voir dès ce soir, préparons-nous.

Je reprends la tenue de la dernière mission qui était bien à l'abri, cachée dans une valise : sweat-shirt à capuche gris sans motif, masque, pantalon, basket. Nous avions dû briser une précédente injustice. Nous sommes à présent dans la rue, c'est le début de la soirée. La circulation est dispersée. Les gens regardent la télé, rare sont ceux qui s'aventurent dehors. Il ne pourra être que chez lui tranquillement avachi devant son écran, comme le commun.

J'ai marché loin de la maison. Je n'ai pas eu besoin d'appeler un taxi, il y en avait un à la station. Je rentre derrière du côté du chauffeur, je ne veux pas qu'il me voit avec précision ni qu'il devine ce que je transporte. Il me demande une adresse. Je marmonne quelque chose d'incompréhensible puis je lui tends un papier sur lequel est imprimé le plan d'un quartier de la ville avec une croix dans un cercle pour indiquer la destination. Ça lui va, nous démarrons. Par chance il n'essaie pas de faire la conversation, il a dû faire l'hypothèse que j'avais du mal à m'exprimer, ce qui était le but recherché. Nous arrivons au lieu dit. J'ai préparé de l'argent liquide pour payer. Je laisse un pourboire puis je descends du véhicule. Dans cette proche banlieue, les rues sont encore plus désertes, les lieux de vie où les gens se rassemblent, les bars et les restaurants sont loin. Presque personne ne se promène, seuls quelques quidams rentrent, ils regagnent leur domicile. Une dame laisse faire ses besoins à son chien sur le trottoir. J'adopte leur rythme, leurs pas et leur attitude, je dois me fondre. On ne doit pas se rappeler de ma présence. Je vois de loin enfin le petit muret. Il est une relique de la propriété précédente, avant la construction de l'école. Le crépi au torchis a disparu depuis bien longtemps. Son absence laisse apparaître les pierres de construction. Leur jointoiement aussi est usé. S'en servir de marchepied sera chose aisée. En marchant vers lui, je jette rapidement un œil de chaque côté de la rue, personne à l'horizon. Je suis à son niveau. D'un mouvement rapide je prends appui sur les pierres puis je saute de l'autre côté.

En un éclair j'ai disparu de la ruelle, à l'extérieur je n'existe plus, je n'ai jamais existé. Je suis à l'intérieur, je reste accroupi dans l'herbe. Je regarde partout autour de moi, scrutant et guettant les moindres indices de présences humaines qui pourraient me découvrir. Rien. Tout va bien, je peux progresser. Je connais bien les lieux, durant toutes ces années ils n'ont pratiquement pas changés, juste peut-être un rafraîchissement des façades. Tout est toujours aussi blafardement éclairés, il n'y a que quelques taches de lumières entre les ombres, ce qui m'arrange et facilite ma progression.

J'arrive au bâtiment qui m'intéresse. Il n'y a plus que deux appartements qui sont occupés. En passant je regarde discrètement par la fenêtre de celui du rez-de-jardin. Je ne vois pas d'autre personne que lui. Il est assoupi sur son canapé devant sa télé allumée. Parfait. On monte au couloir de l'étage par un escalier extérieur. Je n'actionne pas la minuterie, le voisin du dessous pourrait la remarquer. Une fois en haut, je perçois une lueur qui suinte d'une petite fenêtre. La porte d'entrée est juste avant, son nom est écrit sur un bout de papier scotché sous le judas. Je tape à trois reprises jusqu'à entendre un bruit de chaise. L'œilleton s'obscurcit, il me regarde, il ne peut que me reconnaître, j'ai enlevé la capuche et mon masque. Un doute m 'assaille, va-t-il ouvrir ? Aurait-il peur ? Je ne pense pas, il est trop sûr de lui. Les secondes s'égrainent, elles semblent longues. Puis enfin un bruit de serrure. Le barillet tourne, une poignée se baisse, la porte est entrebâillée, le couloir derrière lui est allumé, je vois son visage en contre jour. Le silence est rompu par sa question : « qu'est-ce que tu veux ?

    – Rien de spécial, simplement discuter.

    – Tu as vu l'heure qu'il est ?

    – Oui, je sais mais je viens juste de terminer mon travail. J'ai pris mon courage à deux mains et je me suis dit que si je ne le faisais pas maintenant, de venir vous parler, je ne le ferai plus jamais.

    – C'est bon, entre, assied-toi.

Je le suis vers le séjour, en entrant il éteint la lampe du couloir. La pièce est petite et son mobilier aussi. Un canapé deux places, une table basse devant, un tapis miteux, une commode sur laquelle repose, semble-t-il, des souvenirs de voyage. Rien dans cette pièce ne suggère la profession de son occupant, pas un livre, pas une photo de classe. Sauf une table sur laquelle s'entassent des feuilles et divers documents d'école pour des cours ou l'administration, des stylos, des tampons. Avant de s'asseoir il tire une chaise pour moi. Nous voilà attablé mais pas l'un en face de l'autre, nous sommes chacun sur un tiers du rond, comme un gâteau découpé en trois. Il nous faut donc tourner la tête pour se regarder. Nous n'aurons pas obligatoirement besoin de soutenir nos regards respectifs. Cela va-t-il influencer la conversation ?

« Eh, bien ! Parle en premier puisque c'est toi qui est venu ici.

–   Je ne vais pas vous embêter longtemps. Tout d'abord, je suis étonné que vous soyez toujours et encore dans cette école. J'aimerais savoir si vous aviez quelque chose contre moi pour m'avoir traité comme vous l'avez fait ?

–   J'ai rassemblé mes souvenirs et je me rappelle de toi parfaitement. Il fallait, je voulais que tu te redresses, c'était, pour moi, nécessaire, obligatoire. Tu étais constamment avachi lorsque tu écrivais, une larve. Cela avait le don de m'énerver au plus haut point. Et toi tu ne comprenais rien, tu reprenais toujours cette position débile, affalé sur ta table, on aurait dit que tu dormais en étant tout tordu...

–   Je vous coupe ! Je pense qu'il y avait d'autre moyen pour corriger cette position qui n'était ni plus mauvaise ni meilleure qu'une autre, elle était simplement la mienne et elle ne gênait personne. À part vous manifestement. Vous n'aviez pas à le faire de me tirer l'oreille. Puis je me souviens aussi de toutes les choses que vous disiez en classe sur moi et les autres élèves, vos cris, vos gueulantes, vos vociférations, vos reproches, vos remarques désobligeantes et blessantes, vos petites tapes si pénibles plus votre intransigeance pendant les récréations. Vous étiez une sorte de terreur...

– Là c'est moi qui te coupe. C'était de l'éducation, de l'instruction. Je te rappelle qu'avant ce ministère s'appelait « l'instruction publique » puis il est devenu « éducation nationale ». J'applique à la lettre ces deux appellations, elle sont parfaites et très juste. Je dois pallier les déficiences parentales, c'est ma mission, tous me remerciaient. C'était ma méthode ! Elle était bonne et reste la bonne !

– Et vous l'appliquez toujours ?

– À une différence près, oui, toujours. On n'a malheureusement plus le droit de toucher les enfants ! Et tu crois que tu vas pouvoir encore me pourrir la vie comme ta mère et toi l'avaient fait ?

Il me dit cette dernière phrase en me fixant droit dans les yeux, plein d'arrogance, comme un défi. Mais pourquoi mettre ma mère dans l'histoire. C'était juste entre lui et moi. J'en avais assez entendu et la cause était de même. Le cas était indéfendable, ce dont j'étais déjà persuadé. Personne ne pouvait le sauver. Il s'était condamné lui-même. On pouvait passer au jugement dernier et à sa sentence.

Il a collé son dos au dossier de sa chaise, il a croisé ses bras sur son ventre, il avait le sourire de celui qui est satisfait, une sorte de vainqueur qui a remporté l'épreuve des joutes oratoires, un sophiste de la pire espèce. Il pensait m'avoir cloué le bec. Effectivement je me tais maintenant et je ne discuterai plus avec lui mais pas pour les raisons qu'il imagine. Non ! Si je me tais c'est qui n'y a finalement plus rien à ajouter et que je dois exécuter le verdict. Avec la voix nous sommes juge et juré. Je me lève, je repousse la chaise. Je saisis la batte coincée dans ma ceinture. Dans le même mouvement, je la fait virevolter au-dessus de moi. À la fin du deuxième tour, elle a pris assez d'élan et d'énergie. Elle rencontre violemment le crâne du maître. Il a eu à peine le temps de comprendre, trop dans la joie de sa victoire éphémère. Il a juste levé la tête pour suivre mon mouvement. De fait, la branche de ses lunettes se retrouve imprimée sur sa tempe. Son cuir chevelu n'a pas résisté au choc, son crâne non plus, il est largement ouvert et du sang s'en échappe en flot continu. Il a basculé de sa chaise sans se retenir, il ne le pouvait plus. Il est maintenant sur le sol, son sang macule le carrelage. Justice est faite. Il est mort. Je peux retourner à la maison. Mission accomplie. Nous sommes satisfaits.

15

Je ne comprends pas, j'ai reçu une convocation pour me rendre au poste où travaille le commissaire Varlet. C'est curieux. S'il y a un problème là-bas il doit y avoir assez de personnel pour le résoudre, ils n'ont pas besoin de moi. J'irai mais je reste sur ma perplexité. D'autant que j'ai essayé de l'appeler en tant que collègue mais il était toujours en mission. À croire qu'il ne m'apprécie plus comme avant ou qu'il veut m'éviter. J'ai une petite inquiétude mais je ne doute pas qu'en me voyant elle sera vite dissipée. Il doit y avoir un souci sur un rapport concernant en enquête, il doit avoir besoin que je lui explicite quelque chose. Ça ne peut être que ça. Finalement j'ai confiance.

Le jour dit et à l'heure dite je me présente. Un gardien de la paix m'amène dans une pièce. C'est la première fois que je viens ici mais je connais un peu ces locaux, ils sont tous les mêmes, pas très grands, les fenêtres sont en verre dépoli, on ne voit pas l'extérieur. Il y a un bureau, un écran, un clavier, une armoire pour classer des papiers. Si, il y a quelques différences, il y a deux chaises du côté policiers et une seule du côté usagers ou plaignants, puis, scellé dans le mur près de la chaise sur laquelle je dois m'asseoir, un anneau de belle taille duquel pend des menottes. Je prends place et j'attends. La porte a été refermée derrière moi. On m'a demandé de patienter, les personnes qui veulent me voir ne vont pas tarder. Je reste assis tranquillement le regard et l'esprit dans le vague. Je sors de mes rêveries quand j'entends des paroles échangées derrière la porte.

Elle s'ouvre enfin sur le commissaire Varlet. C'est un de ses collègues qui tient la poignée, il rentre après lui. Je souris à leur vue et je me lève pour les saluer. Ils ont une mine renfrognée, eux ne sourient pas, ils esquivent la main que je leur tends, parce qu'ils portent des dossiers ? Ils marmonnent un bonjour. L'autre va s'asseoir devant le clavier, il commence à manipuler la souris et à taper sur le clavier. Varlet prend l'autre chaise. Il demande à son collègue « quelle heure est-il ? »

– Neuf heure trente cinq, répond-il.

– Monsieur Morand Léo, à partir d'aujourd'hui neuf heure trente cinq et pendant vingt quatre heures qui pourront être portées à quarante huit, vous êtes officiellement placé en garde à vue par moi-même officier de police judiciaire pour répondre des accusations de meurtres sur Madame Bricard Catherine, formatrice à l'école de Police survenu le ... à Nîmes dans les locaux de l'école et de

Monsieur Delajoue directeur de l'école du clos fleuri à son domicile de fonction le... . Vous avez le droit d'être examiné par un médecin. Vous pouvez prévenir une personne de votre choix que vous êtes placé en garde à vue. Si cette personne se présente vous aurez éventuellement le droit de lui parler par téléphone, par écrits ou en face à face si cela ne nuit pas à l'enquête. Vous avez le droit d'être assisté par un avocat choisi par vous ou commis d'office. Vous avez le droit de vous taire. Vous avez le droit de présenter des observations au magistrat chargé de la demande de prolongation. Vous avez aussi le droit de consulter tout ce qui aura été dit ici en cas de prolongation. Avez-vous compris ce que je viens de dire ?

- Oui, j'ai compris.

Je mis un petit moment à répondre. J'avais effectivement compris ce qu'il me disait. Mais je ne comprenais pas pourquoi on m'accusait de meurtre. Moi, commettre un homicide ! C'était impossible, je fais tout mon possible pour être gentil, aimable et serviable, tout le monde pourrait en témoigner. Il ne pouvait s'agir de moi. Il devait confondre. Je mis mes coudes sur mes genoux. Je courbais le dos pour mettre ma tête dans mes mains.

Je fermais les yeux. J'avais besoin de réfléchir. Je pouvais le faire, j'en avais le droit. Je faisais tourner mes souvenirs. J'essayais de les faire remonter pour les visualiser. Je voyais très bien ces deux personnes, elles faisaient partie de ma vie. J'avais eu des liens avec elles. Les images revenaient de plus en plus nette. Elles avaient été infectes avec moi. Mais de meurtre, point.

Je ne sais combien de temps je suis resté dans cette position. Le commissaire rompis mes réflexions par une question :

– Vous avez pris quelle décision pour le médecin et l'avocat ? Vous voulez qu'on prévienne quelqu'un de votre famille, un ami ?

– Appelez ma mère. Je n'ai pas besoin de docteur. On verra pour l'avocat. Je ne peux pas être coupable.

Je m'étais mis dans un état second pour dire ça mais je ne sentais pas l'avoir provoqué. Je ne savais pas que je pouvais modifier mes perceptions et mes réactions à ce point. D'un coup tous mes sens étaient aux aguets. Tout devenait hostile. J'étais en danger, il fallait que je me protège. Je n'étais plus qu'une barrière, une clôture, un mur. Mais je devais quand même entendre et enregistrer ce qui se disait de moi. J'imaginais aussi que la moindre de mes paroles pouvait se retourner contre moi.

Je retrouvais les rêves d'interrogatoires de mes séries préférées. Mais je n'étais plus ni spectateur ni acteur, j'étais considéré comme un auteur de délit, de crime. Je savais que ceux qui m'interrogeaient, pouvaient être particulièrement retors à tourner et retourner les propos que l'on pouvait tenir pour obtenir des aveux. Je bloquais donc mon esprit en une muraille sans faiblesse. Ils ne pouvaient rien contre moi. Ils pouvaient commencer, J'étais innocent ! Bientôt je serai libre.

- Vous êtes bien allé suivre une formation de technicien de la police scientifique où vous avez eu Madame Bricard comme formatrice, c'est exact ?
- Vous le savez bien.
- Vous et d'autres élèves de l'école avez eu des problèmes avec cette formatrice, mais vous en particulier elle vous avait dans le collimateur ?
- Vous le savez bien.
- C'est pour cela que vous êtes venu l'assassiner dans sa chambre avec un objet contondant et que vous lui avez défoncé le crâne ? Vous vouliez vous venger, faire votre justice.
- C'est vous qui le dites, je suis innocent.
- Nous avons demandé le dossier de monsieur Decazo à

l'inspection académique du département. Il apparaît dedans que vous avez eu des problèmes avec lui et qu'il a eu des problèmes à cause de vous. D'après ce que nous avons lu, il était violent avec tous les élèves mais particulièrement avec vous, il vous tirait les oreilles, vous avez trouvé cela injuste et vous lui avez donné un coup de poing.

– Vous le savez bien.

– Le ... suite à une intrusion dans une école on vous appelle pour faire des prélèvements. Là vous revoyez monsieur Decazo qui ne vous reconnaît pas. Le voir là ne manque pas de vous troubler puisque vous m'avez raconter votre histoire.

– Vous le savez bien.

– Quelques jours plus tard, on retrouve monsieur Decazo mort de la même façon que madame Bricard, par un coup violent à la tête. C'est vous qui avez fait les prélèvements sur la scène du crime.

Vous le savez bien.

– C'est parce que vous l'avez reconnu et que vous avez été son souffre-douleur que vous vous êtes vengé, que vous l'avez aussi assassiné ? Vous faites votre propre justice.

146

– C'est vous qui le dites, je suis innocent.

Je l'avais écouté sans broncher, je m'étais mis en mode réponse automatique. Mais les accusations étaient extraordinaires, je l'ai déjà dit, elles étaient impossibles. Je remis ma tête dans mes mains. Il me fallait enregistrer et digérer tout ça. Tout revoir encore et encore. Moi aussi je devais trouver la vérité. Quand je me relevais, le commissaire repris son discours. À partir de là je ne répondis plus, je ne pouvait plus le faire. J'étais complètement tétanisé, j'enregistrais toujours mais mon cerveau était devenu, dans l'immédiat, incapable d'analyser.

« Nous avons interrogé nombres de personnes qui vous ont côtoyé. Les surveillants d'internat comme les moniteurs de colonies de vacances que vous avez fréquentées. Tous ont été unanimes, vous êtes un garçon très sympathique. Mais, car il a un « mais» vous avez un problème. En effet, tous nous ont raconté vos sorties nocturnes. Elles étaient aléatoires, on ne savait jamais à l'avance si vous alliez sortir ou pas, ni quelles tournures elles prendraient, ni où vous iriez. Vous étiez donc surveillé. Elles n'étaient pas méchantes, tout le monde s'est vite rendu compte que vous n'étiez pas dangereux. C'était quand même bizarre d'avoir un somnambule dans ces locaux, c'est quand même rare. Ils n'étaient pas inquiets parce que votre mère les avait prévenus qu'à la maison vous aviez aussi des crises et que tout se passait bien, que vous alliez vous recoucher sans problème. Avec quelques consignes, il fallait être prévenant avec vous, ne pas vous contrarier, être le plus juste possible. Oui, votre mère nous a parlé des jouets et des objets que vous brisiez dans votre somnambulisme.

Mais moi je crois au contraire qu'il y a un gros problème, un énorme problème. Souvenez-vous lorsque vous êtes allez faire les prélèvements chez monsieur Decazo, l'instituteur de triste mémoire pour vous, vous avez enlevez vos protections réglementaires, j'ai fait une remarque sur vos chaussures, puis vous avez tout mis dans un sachet pour les déchets. Nous avons discuté de multiples choses et je portais le fameux sachet. Mais je ne l'ai pas jeté. Je l'ai transmis à un autre laboratoire, pas celui dans lequel vous travaillez. J'avais besoin de savoir ce qu'on allait bien trouver dans les chaussons. Le reste de la tenue n'était pas intéressant. Il y avait bien sur des traces, des poussières de sol, de terre, de plantes. Il me fallait savoir d'où cela venait. J'avais par une sorte d'intuition pris des échantillons des sols aux deux endroits. Nous allions pouvoir comparer. J'ai maintenant les résultats des analyses ici. Vous voulez les entendre ? Vous ne répondez pas ? Je vais vous les dire quand même. Au milieu de plein de chose qu'on a éliminé, il y a le type de sol qu'on trouve à Nîmes derrière l école, avec une trace de plante méditerranéenne, qu'on ne peut trouver que là-bas mais aussi des fragments de torchis du mur d'enceinte de votre ancienne école. Qu'en dites-vous ? Rien ? Cela signifie une simple chose, que c'est vous qui êtes passé par ces deux endroits, où personne ne devrait passer, pour aller assassiner l'intervenante et votre ancien instituteur. Je me trompe ? D'ailleurs, une équipe est chez vous pour chercher ces fameuses chaussures afin d'affiner les analyses, il y a toujours des interstices qui gardent comme une mémoire les traces des lieux où l'on passe. Je suis sûr qu'elles corroboreront les premières avec en plus votre adn dedans pour bien prouver que se sont les vôtres. Je pense surtout qu'un médecin expert aura beaucoup à nous apprendre sur vous.

– Je veux voir ma mère.

– Elle vient d'arriver.

– Je veux voir ma mère.

– Vous allez la voir mais nous allons rester, mon collègue et moi dans l'embrasure de la porte qui devra rester ouverte.

– Je veux voir ma mère.

L'autre policier se leva en même temps que Varlet. Ils se

dirigèrent tous deux vers la porte. Il disparu dans le couloir pendant que le commissaire attendait. Peu après maman apparue. Elle avait dû beaucoup pleurer, ses yeux étaient rougis d'avoir trop été essuyés. En me voyant elle fit un rictus qui oscillait entre la joie, la résignation et la tristesse. Elle savait où elle était mais ne savait pas où nous en étions. Elle resta immobile un instant et vint vers moi quand je me levai. Notre étreinte, très forte, me remis un peu dans une certaine normalité. Avec elle je n'avais pas besoin de muraille puisqu'elle était ma protection. J'avais besoin de savoir. Comment pouvait-elle dire des choses sur moi que je ne connaissais pas ?

16

La voix ? Pour une fois c'est moi qui t'appelle. Regarde où nous sommes ! Ne pouvons-nous pas être à la maison, chez nous, dans ma chambre ou à n'importe quel endroit que nous connaissons. Pourquoi est-ce aussi vide ? Je ne vois qu'un lit, une table, une chaise, une demi-cloison qui cache des toilettes et un lavabo, une fenêtre avec des barreaux, sans volet. Elle est trop haute je ne peux y voir au travers. C'est petit, en trois pas j'ai fait le tour de la pièce. Une ampoule au plafond qui tente de donner un peu de lumière. Il y a une porte métallique. Il semble qu'elle pourrait résister à un assaut de cavalerie. Sa serrure est énorme mais elle n'a pas de poignée, manifestement il m'est impossible de sortir. Inutile de tenter quoi que se soit. On veut donc que je reste là ? Elle a un vasistas fermé et verrouillé qui ne doit permettre que de passer la tête. Pourquoi une telle porte ? Que craint-on ici ? Moi ? Ou dois-je craindre quelqu'un ou quelque chose ? Je ne comprends pas.

Il n'y a rien à nous ici. Seulement quelques vêtements sur une étagère et le minimum pour se laver. C'est bien à moi, je le reconnais. Je ne vois ni ceinture pour le pantalon et je n'ai plus de lacets à mes chaussures. Je sens qu'on a un problème mais je n'ai rien pour soulager la tension qui me gagne, je n'ai rien à briser.

Tu sais que quelquefois tes rêves éclairent la réalité me dis la voix. Je sais, c'est pour cela que je t'ai appelé, il nous faut y voir clair. Nous devons comprendre la situation. Tu vois, si je rassemble mes visions, j'étais dans un bureau, il y avait deux personnes qui me posaient des questions et qui avaient l'air de savoir ce que nous faisions quand nous étions en mission. Je pensais que c'était secret que cela n'appartenait qu'à nous. Qui a pu le leur révéler ? C'était assez pénible comme situation. Je ne pouvais pas croire que j'avais fait ça puisque c'est moi, l'autre je qui l'a fait. De plus, un secret c'est un secret, ils n'avaient pas le droit d'en parler. Puis ils sont partis et maman est arrivée. J'étais trop content de la voir. Je l'ai souvent vu discuter de moi avec des gens, même si je ne comprenais pas tout parce qu'elle m'éloignait gentiment, toujours disant que je savais déjà ce qu'elle allait dire. Après elle me laissait avec ma valise ou mon petit sac pour la journée et tout se passait à merveille.

Mais là, elle n'avait pas l'air joyeux que je lui connaissais des rêves précédents. Elle avait changé de figure, elle était triste, elle avait pleuré. Il me faudra trouver celui ou ceux qui l'ont mises dans cet état. C'est injuste de s'attaquer à une maman aussi aimante. Se sera ma prochaine mission, je me le promets.

Elle s'approcha et me serra dans ses bras. C'était bon. Comme je l'étreignais, la douce pression que je mis pour le faire provoqua un afflux d'air qui venait de ses vêtement légèrement flottant. Avec ces tièdes effluves je retrouvais cette odeur si caractéristique, celle que j'avais senti dans sa chambre la première fois, celle que je retrouvais aussi dans la corbeille de linge de la salle de bain, celle qui m'aidait pour mes caresses avant que je ne m'endorme, il y a longtemps. Ce rappel me bouleversa d'une manière phénoménale qui m'interroge encore maintenant. J'étais en pleine confusion, je ne savais plus qui j'étais. Je la lâchais, j'avais les yeux hagard. Elle me regardait avec insistance mais je fuyais. Cette fois-là j'avais peur ! Non d'elle mais de moi ! Sans arriver à y mettre des explications. Les rêves et la réalité s'entrechoquaient, se mêlaient.

Elle me raconta tout. Elle raconta essentiellement moi, moi et toi, mes vies, ma vie. Ce que j'étais, deux en un, une dissociation de la personnalité. Qu'elle avait essayé de me protéger durant tout ce temps. Mais que c'était bien l'autre, moi, qui avait commis ces crimes. Que ceux-ci n'était pas justifiables. Casser des jouets ou de la vaisselle passe encore mais tuer des gens, non. Elle continua en utilisant un vocabulaire de psy que je ne comprenais pas. Je crois que je n'écoutais plus vraiment bien que j'entendais sa voix. Une autre voix ? Elle versait en parlant toutes les larmes de son corps. Ce rêve s'assombrissait pour finir dans le noir complet.

Et je me réveille ici, c'est donc une prison, elle m'avait dit qu'on m'y enfermerai certainement en attendant les experts, les médecins et autres docteurs. C'est juste d'y être puisque nous avons briser deux personnes. En même temps elles avaient été injustes avec nous, non, pas avec nous, avec moi et tu as ordonné ces deux missions que j'ai commises. C'est difficile la justice, tu la rendais, je l'exécutais. Mais c'est dur, elle a fait pleurer ma mère.

Tu vois la voix, je crois que j'ai compris ce qui se passe en moi. J'existe mais tout n'est finalement qu'un rêve dans lequel je dois réparer les injustices que tu me signales. Les miennes aussi, celles qui me sont propres, celles qui me touchent. Maman vient d'en subir une et tu en es responsable, toi, la voix, puisque c'est toi qui m'a ordonner de me venger. Mais cela va m'obliger à être séparer de maman. Ce n'est pas juste pour elle qui m'aime tant. Je comprends qu'il faut pour réparer cela que je te brise. Je dois aller au bout, être cohérent avec moi-même. Je dois préparer ma nouvelle mission sans toi et contre toi. Cette fois-ci, qu'importe les habits que je mettrai. Il me faut arrêter de penser et me mettre au travail.

La solution a été vite trouvée. Le drap est solide mais mes dents ont réussi à en user la trame. Je tire et le déchire pour en faire quatre bandes que je relierai par deux pour être plus solide. Comme pour les autres missions, celle-ci se doit d'être une réussite. Je prends la chaise, je cale son dossier en équilibre contre le mur, les deux pieds de devant ne repose plus sur le sol. J'accroche à la poignée de la fenêtre un bout du drap. avec ce qu'il reste, j'entoure mon cou. J'ai calculé pour ne pas toucher le sol. Je pose mes fesses sur le dossier de la chaise. L'autre lien de tissus, dont j'ai relié les deux extrémités, me passe sous les genoux et aussi autour du cou. De cette façon mon corps ne pourra pas se déplier en un sursaut salutaire, je ne pourrai pas poser mes jambes au sol, je forme un z. La voix ne doit avoir aucune chance. Maintenant je place mes mains à côté de mon postérieur. En faisant juste un petit effort, je me soulève, je bouge un peu, la chaise glisse, l'inertie tend violemment le drap entre mes cervicales et la poignée de la fenêtre. Crac ! Font-elles !

J'ai rendu justice à maman, je me suis brisé.

SOMMAIRE

Du même auteur :

« D'aleph à A », petite histoire de l'écriture vers l'imprimerie.

« Un hommage à Edward HOPPER », recueil de nouvelles inspirés par ses peintures.

« Une autopsie de faits divers », la vie et les soucis de la vie de quatre familles modèles dans un lotissement.

Le tout chez BoD